TERREUR CHEZ LES CARNIVORES

Linda Bailey

Traduit de l'anglais par
Hélène Vachon

Collection
a l l i - b i

Conçue et dirigée par
Yvon Brochu

À Connie et à Lorne Grainger, deux merveilleux lecteurs, parmi les plus gentils que je connaisse.

Mille mercis à Katherine Zmetana, qui m'a suggéré l'idée des plantes carnivores; à Doug Fung, qui m'a donné accès à sa superbe collection de plantes; et à Charis Wahl, à qui je dois le titre et la révision du texte anglais.

Données de catalogage avant publication (Canada)

Bailey, Linda, 1948-

Terreur chez les carnivores
(Collection Alli-bi)
Traduction de: How Can a Frozen Detective Stay Hot on the Trail?

Pour les jeunes de 10 à 12 ans

ISBN 2-7625-8471-X

I. Vachon, Hélène, 1947-. II. Titre. III. Titre: How Can a Frozen Detective Stay Hot on the Trail?. Français.

PS8553.A3644H614 1997   jC813'.54   C96-941183-9
PS9553.A3644H614 1997   PZ23.B34Te 1997

How Can a Frozen Detective Stay Hot on the Trail?
Texte © 1996 Linda Bailey
Publié par Kids Can Press Ltd.

Sous la direction de Yvon Brochu
R-D création enr.

Conception graphique: Flexidée
Illustration de la couverture: Isabelle Langevin
Infographie de la couverture: Michael MacEachern
Mise en page: Jean-Marc Gélineau
Révision-correction: Christine Deschênes

Version française
© Les éditions Héritage inc. 1997
Tous droits réservés

Dépôts légaux: 1er trimestre 1997
Bibliothèque nationale du Québec
Bibliothèque nationale du Canada

ISBN: 2-7625-8471-X
Imprimé au Canada

LES ÉDITIONS HÉRITAGE INC.
300, rue Arran, Saint-Lambert (Québec) J4R 1K5
Téléphone: (514) 875-0327
Télécopieur: (514) 672-5448
Courrier électronique: heritage@mlimk.net

Cette traduction a été rendue possible grâce à une subvention du Conseil des Arts du Canada.

Les éditions Héritage inc. remercient le Conseil des Arts du Canada du soutien accordé à leur programme d'édition dans le cadre du programme des subventions globales.

J'ai toujours pensé qu'un bon détective devait avoir du flair. Un flair capable de lui faire pressentir l'imminence du danger ou des ennuis. D'habitude, je suis plutôt douée dans le domaine. Mais pas cette fois-là. Cette fois-là, je n'ai rien vu, rien senti. Rien de rien. En tout cas pas avant qu'on soit quasiment rendus à Winnipeg, Joé et moi. Et encore! Il a fallu qu'il me le dise.

— Quel genre d'ennuis? ai-je demandé en redressant mon siège.

Joé a haussé les épaules:

— Aucune idée. Hier soir, au téléphone, Misha avait l'air complètement bouleversé. J'aurais juré... qu'il pleurait.

Pleurer? Un gars de seize ans?

Ils devaient être drôlement gros, ses ennuis.

J'ai tourné la tête vers le hublot. Vaste prairie enneigée à perte de vue. Dans une

3

heure et demie, on serait à Winnipeg pour les vacances de Noël. Chez Joé. Enfin, chez sa grand-mère, qui devait nous attendre à l'aéroport, avec son jeune oncle de seize ans, Misha. Le gars avec les gros ennuis.

Je m'appelle Steph Diamond. Steph pour Stéphanie. Douze ans, presque treize. J'habite Vancouver, Joé aussi. On est voisins. Pas seulement voisins. Amis. Associés aussi, depuis qu'on a été accidentellement mêlés à deux ou trois affaires mystérieuses. Diamond & Kulniki, c'est nous. À Vancouver, on est célèbres.

Bon. Peut-être pas célèbres, mais en tout cas archiconnus : on a fait la une des journaux au moins deux fois.

Nouveau regard à l'extérieur : pas l'ombre d'une ville. Dans ce désert désespérément blanc, plat et vide, qui s'étire à l'infini, Winnipeg était encore invisible. D'ailleurs, à part quelques poteaux de téléphone par-ci par-là, quelques misérables routes et, de loin en loin, une ferme avec ses dépendances, on ne voyait rien, absolument rien.

À côté de moi, Joé se mordait les lèvres :

— Misha et ses ennuis… J'espère que ça va pas nous gâcher nos vacances. Il a une voiture et je pensais qu'il pourrait nous emmener patiner, faire du toboggan ou des trucs du genre. Dis donc, Steph, a-t-il ajouté à brûle-pourpoint, ses ennuis, tu crois que ça peut avoir un rapport avec… une fille?

Une fille? Seigneur! De quoi foutre mes vacances en l'air! Moi aussi, j'avais des projets en ce qui concerne Misha et ils n'avaient pas grand-chose à voir avec le patin ou le toboggan.

Ce sont les magazines qui ont tout déclenché. Quelques mois plus tôt, j'avais commencé à explorer la section réservée aux adolescents à la bibliothèque. Un beau jour, je suis tombée sur une pile de magazines consacrés à leurs « problèmes ». Problème numéro un : le flirt. Les magazines étaient intarissables sur le sujet. Hors du flirt, point de salut. Malheur à celui ou à celle qui ne savait pas s'y prendre. Mieux valait sauter l'adolescence et passer à autre chose, comme devenir parent tout de suite, par exemple, ou professeur. L'ennui, quoi!

L'un des magazines proposait même un questionnaire : *Comment mesurer votre pouvoir de séduction*. La plus haute note attribuée était trente-cinq. Si vous obteniez moins de huit, vous alliez rejoindre les rangs des laissés-pour-compte. Mieux valait oublier l'affaire et vous consacrer aux bonnes œuvres.

J'ai eu combien, vous croyez?

Trois.

Pathétique. Pathétique et lamentable. «Ne vous découragez pas, surtout, disait le magazine. Peut-être est-ce l'entraînement qui vous fait défaut.»

L'entraînement? Pourquoi pas, après tout? Quand, je vous le demande, aurais-je pu trouver l'occasion de m'entraîner? Et avec qui? Avec Joé? Pas question, c'est mon copain. Avec les autres gars de la classe? Ils n'aiment que le sport et je plains celle qui s'aventurerait à flirter avec l'un d'eux: il ne s'en apercevrait même pas!

Tout à coup, j'ai pensé à Misha. À Misha et à ses seize ans. Parfait. Aux dix jours que j'allais passer à Winnipeg. Plus que parfait. Sur la photographie, il était séduisant, mais pas trop. Parfait, parfait, parfait!

J'avais lu et relu ces fichus magazines au point de les connaître par cœur. J'espérais que mon séjour me permettrait au moins d'aller grossir les rangs des passables.

Un agent de bord circulait dans l'allée pour récupérer couvertures et oreillers. En arrivant à notre hauteur, il a aperçu les sacs d'arachides vides que nous avions grappillés un peu partout.

— C'est la première fois que vous venez à Winnipeg? a-t-il demandé en souriant.

J'ai hoché la tête:

— C'est mon premier grand voyage.

C'était hélas vrai: toute ma parenté habite Vancouver. Par rapport aux autres jeunes de ma classe qui sont toujours en train de voyager en avion, je n'ai rien vu.

— Moi, je suis né à Winnipeg, a dit fièrement Joé. J'y ai vécu jusqu'à l'âge de cinq ans.

— Ah bon! a fait l'agent de bord en hochant la tête. Dans ce cas, vous êtes prêts.

— Prêts pour quoi? ai-je cru bon de demander.

— Pour le climat, a-t-il dit en s'éloignant.

— Tu vois? a fait Joé. Je t'avais prévenue.

— Sapristi, Joé! Arrête avec tes histoires. De la neige, on en a à Vancouver aussi.

— Une fois par année, et encore. Et puis, on peut pas appeler ça de la neige. Elle fond en deux jours. Tu as passé toute ta vie au bord de l'océan, Steph. Tu peux pas savoir. Dans les prairies, la neige fait pas juste tomber, elle reste par terre. Pendant des mois! Et on gèle. Si tu savais comme on gèle. Spécialement pendant la période des fêtes.

— Tu sais quoi? On croirait entendre ma mère.

Ma répartie lui a cloué le bec pendant deux bonnes minutes.

Parce qu'il faut que je vous explique : je serais devenue folle si je n'avais pas quitté Vancouver. À cause de ma mère, évidemment. Vous n'imaginez pas toutes les horreurs qu'elle avait voulu ressusciter, rien que pour s'assurer que je ne mourrais pas de froid : chaussettes de laine trouées, écharpes bouffées par les mites, caleçons longs… Je serais partie en expédition au pôle Nord que son acharnement n'aurait pas été plus impitoyable.

Joé marmonnait de son côté.

— Quoi ? ai-je fait.

— Tu aurais dû l'emporter, cette fichue veste.

— Pas question, ai-je protesté. J'ai pas envie qu'on me prenne pour un oreiller ambulant à mon arrivée à Winnipeg.

Encore une autre horreur exhumée par ma mère : une vieille veste en duvet qu'elle avait vainement tenté de fourrer dans ma valise. À la dernière minute, je m'étais arrangée pour la faire disparaître à l'arrière de la voiture avant d'arriver à l'aéroport. Elle et un certain nombre d'autres choses, d'ailleurs : les bottes de Frankenstein, entre autres, monstrueuses, doublées de feutre, aussi larges que longues.

Tout bien considéré, j'étais plutôt fière de mon allure : veste en jeans agrémentée de perles sur le devant, jeans délavés, bottes noires qui m'arrivaient aux chevilles... Si ce fichu questionnaire avait porté sur les vêtements au lieu du flirt, j'aurais eu au moins 30. Sûr.

Quant à Joé, désastre ! Emmitouflé comme un ours polaire. Engoncé jusqu'aux oreilles dans son énorme pull à col roulé blanc. Une tour ! Ses bottes étaient tellement lourdes qu'il arrivait tout juste à lever les pieds en marchant.

— En tout cas, tu pourras pas dire que je t'ai pas prévenue, a-t-il répété pour la énième fois.

— Non.

— Je te le répète, tu vas prendre ton coup de mort.

— Sûrement.

— Au moins, j'aurai essayé.

— Oui.

— Parce que laisse-moi te dire que si tu continues...

— Joé, fiche-moi la paix une fois pour toutes avec mes vêtements, d'accord ?

— Mesdames et messieurs, a murmuré une voix dans l'interphone, nous allons bientôt atterrir à Winnipeg.

On était encore en haut de l'escalier roulant que Joé commençait déjà à leur envoyer la main.

— Ils sont là. Hé! Bobbi, salut! Misha!

Un instant plus tard, on était en bas et une dame aux cheveux châtains serrait Joé contre elle en souriant de toutes ses dents. Elle était petite et portait un pantalon noir en laine, une tuque violette et une veste rouge matelassée qui me rappelait bizarrement celle que j'avais abandonnée au fond de la voiture.

C'était la grand-mère de Joé. On l'appelait Bobbi parce que sa famille venait d'Ukraine et qu'en ukrainien, *baba* veut dire « grand-mère ». Mais au lieu de *baba*, c'est *bobbi* qui était sorti de la bouche de Joé, tout jeune à cette époque. Le nom était resté.

— Joé Kulniki, te voilà enfin! Tu es superbe, ma parole! Et regardez-moi ça, ajouta-t-elle en le serrant de nouveau contre elle, tu me dépasses déjà d'une tête.

C'est alors qu'elle m'a aperçue. Sourire.

— Stéphanie Diamond, c'est toi?

Elle m'a embrassée aussi, mais moins fort que Joé.

— Bienvenue à Winnipeg!

Soudain, j'ai vu le regard de Joé s'allumer:

— MISHA! s'est-il exclamé.

Bon. Voilà l'homme.

Ma victime. Pour le flirt.

Plus grand que moi. Du genre maigrichon, comme Joé. Cheveux épais, d'un blond cendré, longs. Juste ce qu'il faut. Le menton orné d'un bouton, mais tout petit. Yeux verts. Lunettes à monture métallique. Et derrière les lunettes, un regard. Intelligent. Sensible.

Parfait.

Je lui ai adressé mon sourire le plus enjôleur.

Qu'il a complètement ignoré.

Pas grave. On a le temps.

— Salut, le jeune! a-t-il proféré en donnant une bourrade amicale à Joé.

Seulement ces trois mots : « Salut, le jeune! »

Puis il a tourné les talons et s'est éloigné. Sans le moindre sourire. Sans ajouter le moindre mot. Même pas le plus petit « Salut! » à mon intention. Joé a regardé Bobbi, qui secouait la tête.

— Laisse tomber, a-t-elle dit. Je t'expliquerai plus tard.

On l'a suivie jusqu'au carrousel à bagages. Elle posait des tas de questions sur le vol, sur nos familles, sur le temps qu'il faisait à Vancouver. Misha est réapparu, l'air sombre, au moment où nos valises arrivaient.

Je l'observais du coin de l'œil. Sombre et triste. À cause d'une fille? Pas forcément. C'était peut-être à cause de ses notes à l'école.

On est restés tous les trois immobiles à attendre que Joé ait fini de s'habiller, ou plutôt en ait terminé avec ce que j'appelle depuis son «rite de survie dans l'Arctique»: veste en duvet, tuque de laine enfoncée jusqu'aux yeux et bandelettes, en l'occurrence une écharpe sans fin qui lui cache tout le visage, à l'exception des yeux. Aux mains, deux paires de mitaines doublées.

Bobbi souriait. Même Misha avait du mal à garder son sérieux.

Comme on se dirigeait vers la sortie, Bobbi a cru bon de me demander:

— Où est ton manteau, Steph? C'est un peu frisquet aujourd'hui.

J'ai réprimé un gémissement: pas elle aussi!

— Madame Kulniki, je…

— Appelle-moi Bobbi.

— Bobbi, il faut que je vous dise: je suis un cas un peu spécial, voyez-vous? La température de mon corps est anormalement élevée, ce qui me rend pratiquement... imperméable au froid. Alors, j'aimerais beaucoup qu'on s'inquiète pas à mon sujet. Ni vous ni personne d'autre.

— Tu es sûre? Il me semble que ce que tu portes là...

— Franchement! ai-je déclaré avec une certaine véhémence au moment où on passait à la queue leu leu la porte automatique. Je vois vraiment pas pourquoi tout le monde s'en fait pour...

G-G-G-G-G-G-L-A-C-I-A-L !

Halètements. Suffocations. Panique.

Vaine tentative pour happer un peu d'oxygène : c'était comme inhaler de la glace.

— Ça va, Steph ?

Comme pourrait aller un bloc de glace : le visage pétrifié, le corps paralysé, les jambes... Hnnnnnnnh !

— Elle bouge plus. Steph !

Mes cheveux : une broussaille raidie par le vent. Ma bouche...

— Dis quelque chose, Steph.

Avec la bouche et le nez hors d'usage ? Les mâchoires gelées dur, soudées à tout jamais ? Hnnnnnnnnhhhhh...

— Pour l'amour du ciel, Joé ! Il faut faire quelque chose. Aide-moi à la pousser, elle est raide comme un piquet. Steph, essaie au moins de bouger ton pied.

— Je l'ai avertie, Bobbi. Ça! Elle pourra pas dire que je l'ai pas avertie.

— Oublie ça, Joé. Prends-la par le bras et tire de toutes tes forces.

Traînée dans la neige qui crisse et me mord les chevilles. Les joues transpercées d'aiguilles brûlantes. Des lames de froid qui s'insinuent jusque sous les aisselles et pénètrent mes os.

— La voiture est là. Vite! Misha, mets le chauffage. Toi, Joé, aide-moi à la hisser sur la banquette arrière. Il va falloir la plier en deux. Je ne sais pas comment on va faire.

Soulevée, enfournée à l'arrière de la voiture comme une grosse dinde surgelée. Bang! La tête qui heurte la portière. Hnnnnnnnnnh...

— Mets le chauffage au maximum, Misha. Voyons! Il y a un vieux sac de couchage derrière. Aide-moi à l'enrouler dedans, Joé. Steph, es-tu capable de parler, à présent?

— Mnnnnnnnnnnn...

— C'est un début, a déclaré Bobbi.

— Je l'ai avertie, marmonnait Joé. Des tonnes de fois. Je lui ai dit qu'on gelait par ici. Tu penses qu'elle m'aurait écouté? Pas de danger! Elle connaît tout, elle; elle sait tout, elle. J'aime pas parler contre elle, mais...

Je sentais quelque chose, à présent. Mes paupières! Elles clignaient imperceptiblement. Ce qui m'a permis de jeter à Joé un regard glacial.

— Brrr!

— Elle et sa température élevée! C'est de l'hypothermie qu'elle fait et pas autre chose, a déclaré Joé avec un plaisir évident. On a appris ça à l'école. Le corps refroidit peu à peu, les battements du cœur ralentissent, l'engourdissement gagne le cerveau... On peut mourir d'hypothermie.

— Brrr! ai-je grogné. Brrr!

— Ça va aller, a déclaré Misha en me frictionnant les deux bras. Regardez! Elle bouge les doigts.

Joé a gratté un coin de la vitre: de fines aiguilles de grésil s'abattaient sur la voiture.

— Quel temps! s'est-il exclamé. Pourtant, j'ai l'habitude.

— Moins trente, a dit Bobbi. Mais avec le facteur vent... C'est ce qui a mis Steph dans cet état.

— Le facteur vent? ai-je essayé d'articuler.

Avec mes mâchoires soudées, ce qui est sorti devait ressembler à «Lllleeeevacteurrvennnt?».

— Moins trente, c'est déjà très froid, a

expliqué Bobbi. Mais avec le facteur vent, c'est encore pire : c'est comme s'il faisait moins quarante ou moins cinquante.

Peu à peu, la chaleur aidant, la dinde surgelée a commencé à ramollir tout doucement. J'ai senti mes mâchoires se desserrer et mes dents claquer.

— C-c-c-oomment arrrr-arrivez-vous à sup-pporter ce f-f-f-roid ? ai-je demandé à Bobbi.

— On s'habille en conséquence, c'est aussi simple que ça. Très franchement, Steph, je ne comprends pas que tes parents t'aient laissée partir si peu vêtue. Ta veste… Tes bottes…

— Euh… Je peux pas blâmer mes parents, ai-je dit sans regarder Joé. Après tout, ils ont passé toute leur vie à Vancouver. Le froid, ils connaissent pas vraiment.

— En tout cas, en arrivant à la maison, on va t'habiller comme il faut. Tu ne sentiras même plus le froid, crois-moi. J'ai pas raison, Misha ?

Misha conduisait en silence, seul sur la banquette avant. J'ai jeté un regard à la voiture. À Vancouver, c'est le mot « bagnole » qu'on aurait utilisé pour la décrire : sièges défoncés par endroits, vitres craquelées… Délabrée, quoi !

Bobbi s'est penchée vers moi et m'a murmuré à l'oreille :

— C'est la première voiture de Misha. Il lui a donné un nom : Héloïse. Il en est très fier, alors j'ai pensé qu'il aimerait vous la montrer.

Ou je me trompais du tout au tout, ou Misha n'avait pas la moindre envie de montrer quoi que ce soit à qui que ce soit. Courbé sur le volant, il scrutait la route enneigée sans rien dire. À une intersection, Héloïse a toussé comme si elle allait caler. Misha a effleuré le tableau de bord de la main. Comme une caresse d'encouragement.

Le trajet m'a paru très long. À cause des bancs de neige qui en bordaient chacun des côtés, les rues avaient rétréci de moitié. La chaussée était glacée partout et, chaque fois qu'on s'arrêtait à un feu rouge, les passants se dépêchaient de traverser, les mains enfoncées dans les poches, le cou rentré dans les épaules. Les lumières de Noël scintillaient à travers la neige.

La ville était déjà loin et on roulait à présent en pleine campagne, sur une autoroute quasi déserte. Joé m'avait dit que Bobbi et Misha habitaient une petite ferme où ils cultivaient des légumes. Ils avaient fait installer une immense serre qui leur permettait de cultiver des plantes à longueur d'année.

— C'est encore loin? ai-je demandé.

— On y sera dans un quart d'heure, à peu près, a répondu Bobbi.

La neige tapait encore plus dur que tout à l'heure, mais il faisait bon à l'intérieur de la voiture. Héloïse ronronnait doucement et je crois bien m'être assoupie quelques minutes.

C'est seulement au moment où elle s'est arrêtée pour de bon que j'ai compris qu'il me fallait sortir.

Sortir?

Pas question.

— Qu'est-ce que tu attends, Steph? a demandé Joé en m'agrippant le bras. La porte est tout près, il y a seulement quelques marches à monter. On va courir.

Courir? Tu peux toujours courir, oui.

Mais Bobbi et Misha ouvraient déjà les portières, chacun de son côté. Pas le choix.

J'ai mis un pied dehors.

Suffocations.

De nouveau, le cauchemar. Cours, Steph!

Je n'oublierai jamais l'instant qui a précédé notre entrée dans la maison. Bobbi qui se démenait pour faire entrer la clé dans la serrure, gelée elle aussi. Je me suis tournée dos au vent et, en essayant de calmer les tremblements qui secouaient mon pauvre squelette, mon regard est tombé sur Héloïse. La pauvre! L'extérieur n'était pas beaucoup mieux que l'intérieur. Couleur prédominante : vert lime. Pare-chocs : blancs. Capot : rouge sang de bœuf.

Misha a suivi mon regard.

— Ch-ch-chouette v-v-v-oiture, ai-je risqué.

Une question en passant : comment flirter avec des lèvres scellées par le froid?

La maison de Bobbi — Dieu soit loué! — était tiède et accueillante.

— Tout le monde au salon, a-t-elle dit. Une petite collation vous attend.

Le salon était beige et rose. Des meubles recouverts d'un tissu rose tendre s'enfonçaient dans un épais tapis beige. Sur les tables, tout plein de petits bibelots du genre faciles à casser ou à faire tomber. La pièce dégageait une impression de propreté absolue, un peu comme chez Joé, à Vancouver : pas un brin de poussière, pas l'ombre d'un journal par terre, même pas la plus petite chaussette oubliée sous le canapé… Bref, une zone dangereuse où une personne comme moi doit se surveiller du matin au soir.

La « petite » collation nous attendait : assiette de sandwichs, crudités et desserts à profusion — biscuits, gâteau aux fruits et, mon préféré, tarte au citron meringuée.

— Joé vient si peu souvent que je ne peux m'empêcher de le gâter, a dit Bobbi. Arrête de loucher vers la tarte au citron, Steph, et sers-toi. Je reviens avec du cidre chaud.

Joé a mis le cap sur la salle de bains et moi, j'ai choisi le fauteuil le plus près de la tarte en question. Misha s'est laissé tomber sur le canapé en face de moi. Au moment où je me servais, j'ai senti qu'il m'observait et j'ai levé la tête ; mon intuition était juste.

Bon début.

Technique de flirt numéro un : le « regard appuyé ». Simple comme bonjour, d'après le magazine. Il suffit de regarder l'adversaire en ouvrant tout grands les yeux et en haussant légèrement les sourcils.

Ce que j'ai fait.

Les yeux de Misha se sont ouverts tout grands, eux aussi. Zut ! Il connaissait la technique, ou quoi ?

Il valait sans doute mieux passer à la technique numéro deux : le « regard enveloppant ». Simple aussi ; vous regardez votre partenaire dans les yeux sans sourciller, comme si vous emprisonniez son regard.

Deuxième essai.

Pas si simple que ça. Le regard de Misha s'est dérobé ; il a fait trois fois le tour de la pièce avant de revenir se poser sur moi. Pas trop tôt ! Après trente secondes de ce régime, la joue gauche de Misha s'en est mêlée et a commencé à tressauter. Allons bon ! On ne mentionnait pas le phénomène dans le magazine, mais j'ai supposé qu'il était normal. Je lui ai donc adressé un autre de mes plus insidieux regards appuyés.

De son gosier est alors sorti un drôle de son. Comme un jappement.

Il s'est levé d'un bond et s'est dirigé vers la porte en titubant. Il a failli bousculer Joé et a foncé tout droit sur Bobbi, qui s'amenait avec son cidre chaud.

La collision a été évitée de justesse.

WOW!

Efficace, le flirt!

— Qu'est-ce qui se passe? a demandé Joé.

Bobbi a déposé le plateau sur une petite table en secouant la tête:

— Misha est un peu bizarre ces temps-ci. Il a… des ennuis, disons.

— Quel genre d'ennuis? a demandé Joé.

— Des démêlés avec la police.

La police? Gros ennuis alors. J'avais raison.

— Je me proposais de vous en parler plus tard, une fois que vous seriez installés, a dit Bobbi. Voilà déjà un bout de temps que Misha est membre d'un club. Un club d'horticulteurs.

— D'horti-quoi? a fait Joé.

— D'horticulteurs, ai-je répondu. Les

plantes, si tu préfères.

Bobbi approuvait du chef.

— Il s'occupe de jardinage, alors? ai-je poursuivi en me servant du cidre.

— Si on veut, a répondu Bobbi. Sauf que les membres de ce club ne cultivent pas n'importe quelles plantes, si vous voyez ce que je veux dire. Ils cultivent seulement des plantes un peu… bizarres, mettons.

— Bizarres? a fait Joé. Ça existe pas, des plantes bizarres. Toutes les plantes sont naturelles, saines; c'est elles qui nous fournissent l'oxygène dont nous avons besoin, elles aussi qui…

— Des plantes carnivores, a lâché Bobbi.

— Carni-quoi?

— Carnivores, ai-je répété. Qui se nourrissent de viande, Joé.

Le teint de Joé a viré au vert.

— Tu veux dire… Non, c'est impossible. Pas Misha! Pas mon oncle Misha!

On s'est regardés, consternés. Pendant un moment, j'ai cru que Joé allait s'évanouir.

C'était à moi de poser LA question:

— Bobbi, êtes-vous en train de nous dire que Misha cultive des plantes carnivores et que ces plantes-là auraient… dévoré quelqu'un?

— Quoi? Elle a éclaté de rire. Quelle idée ridicule!

Elle riait, riait. Trop, à mon avis. L'idée n'était pas si ridicule!

— Les plantes carnivores ne se nourrissent pas de chair humaine, les enfants, mais d'insectes. Bon, dans certaines régions tropicales, il paraît qu'elles peuvent atteindre une taille respectable. Misha prétend que certaines pourraient même arriver à digérer de très petits animaux. Une souris, par exemple, ou un oiseau. Un bébé singe, à la rigueur. Mais des humains, sûrement pas!

— Un oiseau, a répété Joé en écho. Elles mangent des oiseaux?

De vert, son teint a viré au mauve.

Il y a deux choses qu'il faut absolument savoir à propos de Joé. La première, c'est qu'il adore les oiseaux. Il passe des heures à les observer avec ses jumelles, il a une masse d'ouvrages sur eux, il les nourrit en hiver... Fanatique, quoi! La seconde, c'est qu'il est végétarien. La seule idée d'avaler un gramme de viande le rend malade. Alors imaginez son désarroi devant une plante mangeuse de chair!

De chair d'oiseau, en plus!

— Le club en question s'appelle le « Club

des carnivores », a poursuivi Bobbi. Misha en fait partie depuis trois mois et j'en suis, ma foi, très contente. C'est un garçon brillant — il est le plus jeune membre. Il s'est tout de suite mêlé à la vie du club, mais encore plus depuis qu'ils ont décidé d'organiser cette fameuse exposition au Jardin botanique de Winnipeg.

Joé a ouvert la bouche, sans doute pour demander « Jardinbota-quoi ? », mais Bobbi l'a pris de vitesse :

— Le Jardin botanique de Winnipeg est une gigantesque serre où on cultive toutes les variétés de plantes rares. C'est superbe, vous devriez voir ça. On y organise présentement une exposition sur les plantes carnivores et les responsables ont demandé aux membres du Club des carnivores de leur céder temporairement leurs plantes les plus intéressantes. L'exposition devait débuter le sept janvier.

— Devait ? a fait Joé. Tu veux dire qu'elle aura pas lieu ?

— Non, a répondu une voix derrière moi. Et tout le monde dit que c'est de ma faute.

Misha était appuyé contre la porte, une mèche de cheveux blonds lui barrant le front et les yeux. Il l'a repoussée d'un geste vif et m'a jeté un bref coup d'œil. C'était reparti pour le flirt ?

Le moment était bien mal choisi. Pour lui autant que pour moi. Car à la seconde où le mot « police » a pénétré dans mon oreille, la flirteuse en moi s'est complètement évanouie et la détective s'est réveillée d'un coup. Je ne désirais qu'une chose : connaître la fin de l'histoire.

— Le club s'interrogeait sur la meilleure façon de présenter l'exposition, a poursuivi Bobbi d'une voix très douce. Tous les membres devaient apporter leurs plantes à l'endroit convenu…

— Chez Muffy, a précisé Misha.

— Muffy De Witt, oui. Elle est membre du club et habite tout près d'ici. Chacun a donc apporté ses plus belles plantes chez Muffy et ils ont examiné le tout. Une première réunion a été organisée ; la seconde était prévue pour le lendemain.

— Mais cette deuxième réunion n'a jamais eu lieu, est intervenu Misha. Une espèce d'abruti est entré par effraction chez Muffy cette nuit-là et a volé les plantes. Et tout le monde a l'air de penser que cet abruti, c'est moi !

— Pas tout le monde, a protesté Bobbi.

— Une seconde, ai-je dit. Qu'est-ce que la police vient faire là-dedans ? C'est seulement des plantes, pas vrai?

— Seulement des plantes? a grogné Misha. Ce sont des spécimens très rares, tu sauras. Certains sont extrêmement difficiles à trouver, d'autres valent une petite fortune.

— C'est pour ça que la police pense que c'est un membre du club qui a fait le coup. Seules les plantes les plus intéressantes ont disparu. Le voleur est forcément un connaisseur.

— Mais pourquoi Misha? a demandé Joé. Pourquoi on le suspecte, lui, plutôt qu'un autre?

Misha a haussé les épaules:

— Je suis nouveau. Jeune. Fauché, en plus.

— Et il y a la voiture, a ajouté Bobbi.

— Quelle voiture?

— Les voisins de Muffy ont déclaré avoir aperçu une voiture près de chez elle. Ils l'ont décrite en détail à la police et il semble qu'elle soit…

Bobbi a jeté un coup d'œil à Misha.

— Continue, maman, dis-le: vert lime, avec des pare-chocs blancs et un capot rouge.

— Oh!

C'était sorti tout seul. Joé et moi. La même exclamation. Il n'y avait pas une chance sur mille de trouver deux voitures semblables à Winnipeg.

Silence. Puis j'ai posé la grande question :

— Tu t'es vraiment rendu en voiture chez Muffy, cette nuit-là, Misha ? Pour une autre raison, peut-être ?

— Non ! a déclaré Misha. Je suis resté ici toute la soirée, seul, à écouter de la musique. Maman était à une fête, alors j'ai pas d'alibi. Mais je suis pas sorti de toute la soirée, ça, je peux le jurer devant n'importe qui !

Nouveau silence, plus long. Mon esprit faisait des bonds, échafaudait déjà des hypothèses. Mais je revenais toujours au même point : pour Misha, les choses allaient mal, très mal. Pas étonnant que la police le suspecte.

— Et Muffy ? ai-je demandé. Où était-elle ?

— Elle dormait, a répondu Misha.

— Tu veux rire ? a dit Joé. Dormir pendant qu'on cambriole sa maison ?

— Si tu voyais sa maison, a grogné Misha, tu comprendrais.

— Elle est immense, a précisé Bobbi. Un vrai château ! Muffy y habite seule.

— À la réunion ce jour-là, a poursuivi

Misha, Muffy nous a dit qu'elle était tellement excitée à cause de l'exposition qu'elle aurait du mal à s'endormir. Elle a pas arrêté de parler du somnifère qu'elle allait prendre, du fait qu'elle se coucherait de bonne heure… Tout le monde l'a entendue. Donc, n'importe qui aurait pu être dans la maison cette nuit-là. N'importe qui !

— N'importe qui du club, a précisé Joé.

J'ai fait une seconde tentative :

— Les fameux voisins… Est-ce qu'ils ont vu une autre voiture ?

Bobbi a secoué la tête :

— Sur ces routes de campagne, on remarque tout, rien n'échappe à personne. S'il y avait eu une autre voiture, les voisins l'auraient vue. Ils n'en ont vu qu'une, celle… qui ressemble à Héloïse.

Qui « ressemble » ?

« Bien sûr, Bobbi, ai-je pensé. Que vous croyiez en l'innocence de Misha, soit ! Mais vous croyez tout de même pas que les routes fourmillent d'Héloïses ? »

— Euh…, a fait Joé en se raclant la gorge, au moins, Misha, tu es là. Tu es pas… je veux dire… euh…

— En prison ? a fait Misha. C'est tout comme. La police m'a interrogé trois fois aujourd'hui. On se serait crus à la télé: «Interdiction de quitter la ville!» Au train où vont les choses, c'est en prison que vous allez me rendre visite bientôt.

— Voyons, Misha! a protesté Bobbi en tendant la main vers son fils.

Il a froncé les sourcils et une expression de tristesse a envahi son visage. Il a tourné les talons sans dire un mot et a quitté le salon à toute vitesse. Un moment plus tard, on a entendu une porte claquer.

Bobbi avait saisi la main de Joé.

— Si tu savais comme je suis heureuse que tu sois là, Joé. Je suis certaine que tu vas nous aider à voir un peu plus clair dans toute cette histoire et venir en aide à ton oncle Misha.

— Moi?

Joé s'était redressé.

— Toi, bien sûr. Qui d'autre? J'ai toujours eu confiance en toi. Et je suis tellement fière de toi. J'imagine que tu sais déjà, a-t-elle poursuivi en se tournant vers moi, que mon petit-fils ici présent est un brillant détective. Il me raconte toutes ses aventures, au téléphone ou par écrit. Surprenant, non? Je n'en reviens pas. Chaque fois que la police est en panne, elle se tourne vers lui — un jeune de douze ans. Et ça marche à tout coup : Joé résout toutes les énigmes. Un vrai Sherlock Holmes, ma parole !

Bref coup d'œil à Joé, exagérément concentré sur ses chaussettes.

— Euh… Bobbi, a-t-il proféré d'une voix de fausset, il faut que je te dise que… euh… Steph me donne… euh… un coup de main.

Bobbi a levé les sourcils et son visage s'est épanoui dans un large sourire :

— Ah bon ? Superbe ! Tous les grands détectives ont un assistant, même Sherlock Holmes en avait un… Comment s'appelait-il déjà ? Vous savez, le gros nigaud ? Ah oui ! Watson.

Je me suis mordu les lèvres. Au sang.

— Eh bien, tout est pour le mieux, pérorait toujours Bobbi. Steph peut sans aucun doute t'aider à tirer cette affaire au clair et à découvrir qui a réellement volé ces plantes. Demain soir justement, le club se réunit. Misha ne veut pas entendre parler d'y aller parce qu'il s'imagine que tous les membres le suspectent. « Raison de plus pour t'y rendre, lui ai-je dit. Pour prouver ton innocence. » Je suis sûre qu'il se sentirait beaucoup mieux si vous l'accompagniez. Et pour toi, Joé, c'est une occasion en or de faire tes preuves, de mener ton enquête, d'interroger tout le monde…

enfin tout ce que tu sais si bien faire…

Il y avait tellement d'espoir dans les yeux de Bobbi qu'une seule réponse était possible.

— Euh… oui, bien sûr, a marmonné Joé. On peut toujours voir ce qu'on peut faire.

Bobbi a poussé un immense soupir de soulagement et a commencé à ramasser la vaisselle.

— Je me sens tellement soulagée, si vous saviez. Vous deux, vous restez bien tranquilles ici, je m'occupe de tout. Profitez-en pour discuter… euh… stratégies.

— Bonne idée, ai-je dit, les yeux rivés sur Joé, qui faisait tout ce qu'il pouvait pour éviter mon regard. On va discuter stratégies, comme vous dites. Je meurs d'envie de voir ce que le jeune Sherlock Holmes ici présent va nous concocter cette fois.

Je me suis retenue jusqu'à ce que Bobbi ait quitté la pièce.

— Veux-tu bien me dire ce que tu lui as raconté à ta grand-mère ?

Pas de réponse. Joé était bien trop occupé à enlever les peluches de ses chaussettes.

— Rien de plus, a-t-il fini par dire.

— Comment ça, rien de plus ? Elle te prend pour Sherlock Holmes en personne. Elle a l'air de s'imaginer que tu as résolu tous ces crimes tout seul !

Joé avait retiré une chaussette à moitié et s'amusait à l'enrouler autour de son doigt.

— C'est loin Winnipeg, Steph. Ça coûte cher, le téléphone. Tu t'imaginais tout de même pas que j'allais m'étendre sur les détails.

— Les détails !

J'en aurais craché par terre.

— Les détails, c'est moi, je suppose ?

Incroyable! Quand on pense que sans moi, Joé ne serait jamais devenu détective. À l'heure qu'il est, il serait encore enfermé dans sa chambre à lire des livres sur les oiseaux, et sauterait au plafond au moindre bruit un peu suspect.

À bien y penser, il saute encore au plafond au moindre bruit un peu suspect.

— Bobbi savait que j'avais une associée, a marmonné Joé. En tout cas, elle aurait dû le savoir. Je lui ai envoyé tous les articles de journaux où on parlait de nous. Mais je lui ai peut-être laissé entendre que j'étais… euh… mettons, le détective en chef.

Je lui ai lancé un regard furibond.

— Mais voyons, Steph, qu'est-ce que tu voulais que je lui dise? Que c'était moi qui t'aidais?

— Pourquoi pas? C'est la vérité, non?

Il a remonté sa chaussette.

— Bon, mettons les choses au clair. C'était peut-être vrai quand on a commencé. Mais la dernière fois, qui est venu à votre secours, hein? Qui vous a délivrés de cette trappe dans laquelle vous étiez tombés, hein?

— D'accord, ai-je admis. Tu nous as sauvés. Mais ce fameux sauvetage, c'est un incident, un petit incident de rien du tout dans toute l'histoire. Une chiure de mouche en fait, si on compare avec tout ce que j'ai fait auparavant.

— Une chiure de mouche?

— Une chiure de mouche, oui!

On a passé les minutes suivantes à discuter des enquêtes antérieures, de qui avait fait quoi, quand et comment. Inutile de vous embêter avec ça!

C'est Joé qui a mis un terme à la discussion.

— Qu'est-ce qu'on fait à propos de Misha? a-t-il soupiré.

Misha? Soit. Pas besoin d'être très futé pour voir que le problème était de taille. Et le fait que Bobbi s'en remette entièrement à nous était plutôt flatteur. En tout cas, c'était la première fois qu'un adulte nous demandait de prendre les choses en main. D'habitude, c'est tout le contraire : ils ne veulent pas nous avoir dans les jambes. On dirait qu'en dessous d'un certain âge, on ne peut pas être des détectives. Quel âge, je l'ignore. Mais il nous manquait au moins dix ans. Cela faisait drôlement du bien d'être pris au sérieux pour une fois.

— On s'en charge? a demandé Joé. Du cas, je veux dire.

J'ai fait oui de la tête.

— Ça s'annonce mal, non? Pour Misha, je veux dire.

Nouveau hochement de tête.

Mais j'aurais décrit autrement le cas de Misha. Désespéré. Le cas de Misha était désespéré, oui.

— On va faire l'impossible, ai-je dit, la gorge serrée.

Joé et moi, on avait connu quelques succès, soit, mais on n'était pas détectives professionnels. Loin de là.

Est-ce que l'impossible suffirait à empêcher Misha de se retrouver en prison?

***

Le lendemain matin, mon optimisme était revenu: avec les gaufres chaudes sur la table et le soleil qui pénétrait à flots dans la cuisine, je me sentais prête à tout. Misha était sorti faire le marché et sans lui, on ne pouvait pas faire grand-chose. Aussitôt le déjeuner engouffré, Joé a donc proposé d'aller voir la serre.

— À une condition, a décrété Bobbi. Que Steph s'habille chaudement!

Elle est sortie de la cuisine pour revenir une minute plus tard, des vêtements plein les bras. J'ai tout de suite compris mon erreur : je n'aurais jamais dû lever le nez sur les trucs que ma mère m'avait proposés si gentiment. Ceux de Bobbi étaient bien pires.

— Voilà. Il y a tout ce qu'il faut : voici la veste que Misha portait en huitième année. C'est bizarre, elle est déchirée à l'avant. Un peu avachie peut-être, mais chaude ; très, très chaude ! Et voici le pantalon de ski. Je l'ai acheté en solde pour presque rien. Orange, ce n'est pas l'idéal, mais enfin !

J'ai baissé les yeux sur le tas de vêtements informes — grosses tuques, grosses écharpes, grosses mitaines.

— Vous voulez rire ? ai-je cru bon de faire remarquer. Pensez-vous vraiment que je vais mettre tout ça rien que pour traverser la cour ?

— Libre à toi, Steph, a fait Bobbi, le sourire aux lèvres. Mais si tu sors, tu t'habilles.

L'image de la dinde surgelée m'est subitement revenue. Frissons. J'ai ramassé la chose orange et je l'ai placée contre moi pour en apprécier l'effet.

— Euh, pas si mal, a dit Joé sans rire. Très gai, en tout cas.

Une minute plus tard, emmaillotée comme un explorateur de l'Arctique, je suivais tant bien que mal Joé et Bobbi dans le petit sentier qui menait à la serre. La lumière était aveuglante : le reflet du soleil sur la neige faisait presque mal aux yeux. L'air froid me pinçait les narines, mais pas autant que la veille.

Le froid a commencé à me pénétrer juste au moment où on entrait dans la serre. Comme si j'étais passée de l'hiver à l'été sans transition. L'air était aussi tiède, doux et parfumé qu'un matin de juin. Autour de moi, du vert, et encore du vert : vert tendre, vert forêt… Au beau milieu de la serre, de longues tables en bois couvertes de plantes.

— Pour l'instant, on se limite aux plantes d'intérieur, a expliqué Bobbi en circulant entre les tables. On approvisionne les fleuristes et les pépiniéristes des environs. Plus tard, au printemps, les plantes céderont la place aux semis de légumes et de fleurs. On les sème à l'intérieur en attendant qu'il fasse assez chaud pour repiquer les plants à l'extérieur.

Joé et moi, on la suivait sans rien dire, en retirant tantôt une mitaine, tantôt une tuque, tantôt une écharpe… La vie à Winnipeg, ce devait être ça : habillages-déshabillages jusqu'à la fin des temps.

— Comment vous faites pour maintenir une température constante ? ai-je demandé.

— Avec l'aide du soleil, d'abord. Tout est

vitré, vois-tu. Mais il faut chauffer, évidemment. Au gaz. Tu vois la chaudière, là-bas ? Elle désignait une grosse boîte en métal placée à l'extrémité de la serre. La chaleur pénètre à l'intérieur du plafond, composé de deux couches de fibre de verre superposées. L'air qui circule entre les couches doit toujours être chaud.

— Hé, Steph! Tu as vu ça? a crié Joé en montrant du doigt ce qui m'est apparu comme les plus gros ballons du monde.

Ils étaient en plastique transparent et serpentaient sous la longue rangée de tables.

— C'est grâce à ces tubes si la chaleur est répartie uniformément dans toute la serre, a expliqué Bobbi. Ils sont branchés à la chaudière — l'air chaud s'échappe par des orifices. Mets ta main, tu vas sentir la chaleur.

J'ai approché ma main d'un des orifices : une douce chaleur a effleuré mes doigts. Pas étonnant que les plantes aient l'air aussi épanouies.

— Au poil! ai-je décrété.

Pendant l'heure qui a suivi, on s'est affairés dans la serre : transplantations, arrosage, nettoyage des feuilles. Le travail était agréable, l'atmosphère confortable, surtout quand on levait les yeux sur le désert de glace dehors.

Joé était en train de rempoter une plante quand il a subitement retiré sa main, comme si elle avait été brûlée.

— Un instant! Parmi ces plantes-là, est-ce que par hasard il y en aurait pas une qui serait car... cor... en tout cas, vous voyez ce que je veux dire?

— Carnivore? a fait Bobbi en essayant de garder son sérieux. Non, aucune. Les plantes carnivores, c'est Misha, et lui seul, qui s'en occupe. Il les garde dans sa chambre, sous des projecteurs spéciaux.

Joé est devenu tout pâle.

— Dans sa chambre? Tu veux dire la chambre où je dors?

— Oui. Tu ne les as pas vues?

— Euh... j'ai vu des... euh... des plantes, oui, mais je savais pas que c'était des...

— Arrête d'avoir peur, Joé, a dit Bobbi. Ces plantes-là ne feraient pas de mal à une mouche.

Cette remarque saugrenue l'a fait éclater de rire, et moi aussi. Joé nous considérait avec une expression horrifiée.

— Bon, admettons qu'elles pourraient peut-être faire du mal à une mouche, a rectifié Bobbi, mais à toi, jamais. Alors arrête de t'inquiéter pour rien. À présent, tout le monde dehors! On prend l'air.

Joé marmonnait toujours dans sa barbe.

— Je pourrai jamais dormir dans cette chambre-là, Steph. Pas si je sais qu'à chaque instant une sombre menace plane sur ces innocents insectes. Ce serait comme dormir dans un abattoir.

Heureusement qu'il y avait la neige : après deux ou trois boules bien placées, Joé ne pensait plus aux plantes. En peu de temps, l'échange a dégénéré en véritable bataille. Joé était plus rapide que moi, mais je visais mieux. Après, on a essayé de construire un igloo, mais on avait toutes les peines du monde à faire tenir la neige en place. Joé a fini par renoncer en déclarant qu'il trouverait bien le mode d'emploi dans un livre.

Pour ma part, j'ai eu l'occasion d'apprendre un ou deux trucs sur le froid. D'abord, il s'en prend à votre nez : il s'insinue rapidement dans vos narines et, en moins de deux, raidit complètement tous les petits poils qui en tapissent l'intérieur. Vous vous retrouvez avec des narines hermétiquement collées et un appendice nasal aussi rouge qu'une tomate mûre. L'instant d'après, celui-ci se met à couler et, croyez-moi, ce n'est pas joli à voir. Durant tout ce temps, il faut continuer de respirer. Votre nez étant hors d'usage, c'est la bouche qui prend la relève. Et le supplice des dents gelées commence. Mordez à pleines dents dans une boule de crème glacée et vous aurez une petite idée des douleurs endurées.

J'ai aussi appris autre chose : on ne souffre pas autant du froid quand on est bien couvert. Bobbi avait raison. Je passe évidemment sur les orteils et les doigts qui, quoi que l'on fasse, sont toujours les premiers à geler. En l'espace de quelques heures à peine, j'étais métamorphosée. J'étais devenue une fille de plein air, résistante au froid et prête à relever n'importe quel défi climatique.

— C'était super ! ai-je dit à Joé en rentrant.

— Tu parles ! La prochaine fois, on reste dehors plus longtemps : au moins une demi-heure.

Nos sourires se sont figés en entendant la voix de Misha.

— Pas question que j'aille à cette réunion, maman. Tu te rends vraiment pas compte. Ils pensent tous que j'ai fait rater l'exposition. Ils me haïssent, comprends-tu ?

On s'est regardés, consternés.

La récréation était terminée. Il était temps de se mettre au travail.

Chapitre

5

Bobbi avait pris deux heures pour persuader Misha de se rendre à cette fichue réunion.

Nous, nous avons mis moins de deux secondes pour comprendre pourquoi il ne voulait pas s'y rendre. À notre arrivée chez Muffy, silence glacial. Regards obliques, sourcils haut levés en signe d'étonnement, ou froncés en signe de désapprobation... Les quelque vingt membres présents nous dévisageaient sans rien dire. Immobile à côté de Misha, je me sentais comme la dernière des dernières et au fur et à mesure que s'épaississait le silence, je sentais monter en moi une furieuse envie de crier: «Je suis innocente, comprenez-vous? Innocente. »

Les secondes s'égrenaient. Le silence devenait de plus en plus dense.

Impossible de bouger, de faire un pas en avant. J'avais les pieds rivés au sol.

Une femme a finalement mis fin au supplice. Elle était vêtue de bleu pâle, le genre volatile de basse-cour, si vous voyez ce que je veux dire : abdomen imposant monté sur des pattes frêles et courtes. Sa stupéfaction, quand elle a levé les yeux sur nous, lui a presque fait échapper la théière. Elle s'est précipitée en faisant tressauter ses boucles blondes :

— Mon doux ! C'est toi, Misha. Nous… euh… c'est que…

— Ça va, Muffy, a fait Misha en baissant la tête. C'était l'idée de ma mère, pas la mienne. On s'en va.

Muffy a poussé un soupir à fendre l'âme. Le menton tremblant, elle l'a regardé sans rien dire. Les autres étaient figés comme des statues de sel. Misha a tourné les talons pour s'enfuir.

À ce moment-là, une main s'est posée sur son bras, celle d'un homme aux cheveux blancs qui s'était détaché du peloton pour le retenir. Il avait le teint coloré, le visage épanoui et le sourire espiègle.

— Entre, mon garçon. Je suis rudement content de te voir. Figure-toi que mes nepenthès sont tout pâles — j'aurais aimé avoir ton avis.

À côté de lui, Muffy s'agitait, ses mains voletant comme deux oisillons effrayés.

— Pourquoi… pourquoi pas? Bien sûr! Lester a raison, entre, Misha. Après tout, on n'a… on n'a aucune preuve… enfin, je veux dire… Mon doux!… Je veux dire, personne ne sait ce qui s'est réellement passé et… Mon doux!…

Le dénommé Lester a mis fin à son charabia:

— Hé! On dirait bien que Misha a recruté de nouveaux membres, a-t-il dit en nous regardant. Alors, vous êtes aussi des passionnés de plantes carnivores?

J'ai vu grimacer Joé comme s'il avait avalé une tranche de citron.

— Je vous présente mon neveu, Joé, a murmuré Misha. Et voilà sa… euh… sa copine.

Je suis venue à sa rescousse:

— Steph, ai-je proféré d'une voix claire. Je m'appelle Steph Diamond et, vous avez parfaitement raison, les plantes carnivores me passionnent au plus haut point.

— Oh! la la! gazouillait Muffy en agitant ses boucles. Dans ce cas, entrez, je vous en prie. On prenait le thé, justement. Oh, mon doux! aimez-vous le thé, au moins? Un biscuit peut-être?

Encadrés de Muffy et de Lester, Misha,

Joé et moi sommes finalement entrés. On s'est tout de suite dirigés vers la table des rafraîchissements. Autour de nous, les conversations ont repris; l'un après l'autre, les membres du club se sont retournés vers leur interlocuteur et nous ont momentanément oubliés.

— On l'a échappé belle, m'a soufflé Joé. Qu'est-ce qu'on fait, à présent?

— On se la ferme et on regarde, c'est tout. Et pour commencer, on se mêle à eux.

C'était compter sans Muffy, qui avait l'air ravie de pouvoir échanger avec quelqu'un de nouveau.

— Vous vous demandez sûrement d'où me vient mon nom. Ça ne me surprend pas, tout le monde se le demande. Où que j'aille, il y a toujours quelqu'un pour demander: «Muffy, c'est un peu spécial comme nom. D'où ça vient?» C'est un surnom, en fait. Quand j'étais toute petite, j'étais ronde comme une boule, avec la peau très blanche et des yeux d'un bleu à faire rêver. Constatez par vous-même, a-t-elle ajouté en collant son visage au mien. Mon père disait toujours que je ressemblais à un muffin aux bleuets. C'est vrai, je vous assure. Jolie comme image, non? Alors, il m'a surnommée Muffin et tout le monde a fait de même. Muffy, c'est un diminutif.

— Passionnant, ai-je dit. Mon vrai nom à moi, c'est Stéphanie et...

— Pauvre Misha, a-t-elle enchaîné, si vous saviez tout ce qu'on a dit de lui... Ce que d'autres ont dit de lui, je veux dire, parce que moi, je n'ai pas cru une seule seconde qu'il pouvait avoir fait quelque chose de mal. C'est un très gentil garçon, il connaît un tas de choses sur les plantes. J'apprends beaucoup avec lui, oui... Parce que je dois vous dire que, si je me suis jointe à eux, c'est parce que mon club de gastronomes amateurs est mort de sa belle mort. Je me suis retrouvée avec beaucoup de temps libre, dans cette grande maison avec solarium... Un immense solarium. Je me suis dit : « Muffy, il faut que ça serve ; il existe sûrement des plantes qui ne demanderaient pas mieux que de s'y épanouir. » C'est alors que j'ai vu cette émission à la télé, sur les plantes carnivores. C'était absolument fascinant...

Je louchais de sommeil et d'ennui. J'ai cligné des yeux plusieurs fois de suite en regardant discrètement autour de moi, à la recherche d'un sauveur. Nous étions dans la cuisine, la plus grande que j'aie jamais vue. On aurait pu y jouer au basket-ball. À l'une des extrémités trônait une immense table en bois massif surmontée d'un lustre très élaboré. L'autre partie était réservée aux plans de travail, vastes et spacieux eux aussi. Sur le comptoir, l'argent était à l'honneur : théière et cafetière, sucrier, pot à crème, cuillères... Même brillance sur les murs, entièrement recouverts de papier peint argent et vert à motifs floraux. Quand j'ai aperçu plus loin le piano à queue, surmonté lui aussi d'un autre gros lustre, la conclusion s'est imposée d'elle-même : Muffy était riche.

« Brillante déduction, ai-je pensé, mais si je reste une seconde de plus dans cette cuisine, je hurle. » Muffy pérorait sur la salle de bains, sur les salles de bains, je veux dire — elle en avait cinq —, et m'exposait ses projets de rénovation :

— Il me semble que pour la salle de bains du haut, des carreaux couleur crème avec motifs légers de bleuets conviendraient parfaitement. Quant aux murs, peut-être qu'un dégradé couleur pêche...

Et le sauveur est apparu. Sous les traits d'une grande femme maigrichonne à lunettes, entièrement vêtue de noir. Avec ses longs bras et ses longues jambes, elle me faisait penser à une araignée. Elle a simplement dit à Muffy que la réunion allait commencer. Après avoir traversé une longue suite de pièces toutes plus richement meublées les unes que les autres, tout le monde s'est retrouvé dans une sorte de boudoir où on avait aligné des chaises. Je me suis glissée à côté de Misha et de Joé. La femme-araignée a pris place en avant.

— Qui c'est? ai-je murmuré.

— Veda Bickel, a répondu Misha. C'est la présidente du club. Elle me hait.

— Pourquoi?

Haussement d'épaules évasif.

Je les regardais l'un après l'autre pendant qu'ils s'installaient. «Excellent poste d'observation», ai-je pensé. Si Misha n'était pas le voleur, c'était forcément un autre membre. Je partis à la chasse aux mines suspectes.

Le petit gros, là, tiré à quatre épingles, avec des lunettes dont les verres étaient aussi épais que des fonds de bouteilles? Ses lunettes étaient cassées au milieu et tenaient ensemble grâce à du ruban adhésif. Je le regardais s'asseoir, croiser les jambes... Ses chaussettes d'un blanc éclatant... Non, décidément, pas assez de toupet pour s'introduire chez quelqu'un la nuit.

Et le gros là-bas, à l'allure négligée et aux poches bourrées de stylos? Il a levé les yeux, m'a aperçue et m'a envoyé la main. Puis il a roté sans la moindre retenue et s'est mis à rire.

Non. Lui non plus. Grossier, sans doute, mais suspect, sûrement pas.

Quant à la dame aux cheveux blancs qui attendait dans son coin en se rongeant les ongles, elle paraissait trop tranquille pour qu'on lui donne le bon Dieu sans confession. Mais comment en être sûre ? Peut-être avait-elle simplement oublié de remettre un livre à la bibliothèque ou quelque chose du genre.

Zut ! Plus près de moi, Misha était calé dans son fauteuil et respirait bruyamment. Les muscles de ses mâchoires tressautaient sans arrêt et ses poignets étaient posés l'un sur l'autre comme s'ils attendaient sagement qu'on leur passe les menottes. Toutes les deux ou trois secondes, il balayait la salle d'un regard inquiet.

L'affaire s'annonçait plus compliquée que prévu.

Quant à la réunion, il n'y avait pas grand-chose à en tirer. Veda Bickel a commencé par nous assommer avec un long exposé où il était question de taxes, de droits et des réunions précédentes, exposé qui aurait endormi même un insomniaque chronique. J'ai été brutalement réveillée par un coup de coude dans les côtes. Joé. La voix de Veda avait baissé d'un cran et le premier mot à franchir mon oreille a été «vol». Je me suis redressée d'un bloc, à l'écoute.

— Quand on pense, disait Veda en clignant des yeux derrière ses lunettes, que ce crime est sans doute l'œuvre d'un de nos membres, que le criminel est peut-être parmi nous ce soir!

Elle dévisageait ostensiblement Misha qui, au lieu de rester de marbre, s'enfonçait dans son fauteuil.

— En ce qui me concerne, je souhaite de tout mon cœur que le voleur, quel qu'il soit, soit...

Elle a laissé sa phrase en suspens pour nous donner le plaisir d'imaginer la suite : pendu haut et court, par exemple, ébouillanté dans l'huile ou jeté en pâture aux lions.

— Je m'arrête ici, a continué Veda en reniflant. L'affaire est entre les mains de la police et je reste persuadée que le voleur sera bientôt sous les verrous. J'aimerais seulement vous rappeler qu'il y a quelques mois à peine, je me suis fermement opposée à l'admission dans notre club d'un certain membre... Un jeune, pour être plus précise. Rappelez-vous, j'avais essayé de faire valoir que les membres du club devraient avoir au moins vingt et un

ans. Mais ma proposition a été rejetée et…
Bon. Je n'en dis pas plus.

Je suis sûre que Misha aurait voulu rentrer sous terre. « Un jeune, pour être plus précise. » Quelle peau de vache ! Comme ces professeurs qui parlent de « certains élèves de cette classe ». Procédé lâche, qui empêche la victime de se défendre puisqu'on ne la nomme pas.

Je regardais Misha. Il était innocent, c'est du moins ce qu'il prétendait. Alors pourquoi ne pas au moins essayer de se défendre ?

Lester s'est levé et je me suis dit : « Chouette, c'est lui qui va défendre Misha. » Mais non ! Tout ce qu'il a proposé, c'est la visite du solarium de Muffy pour examiner les plantes qui restaient.

Tout le monde s'est levé. Joé s'est penché vers Misha :

— Lester, il est de quel côté ?

— C'est un bon gars. Il est propriétaire d'une boutique de fleurs au centre-ville, mais sa passion, c'est les plantes carnivores. C'est un expert — mondialement reconnu, d'ailleurs.

— Un expert ? s'est étonné Joé. Alors comment ça se fait qu'il veut avoir ton avis ?

— Pour avoir l'air gentil… Dis donc, j'ai

pas la moindre envie d'aller dans leur solarium, moi. Je vous attends dans la cuisine, a-t-il ajouté en s'éloignant.

On a retraversé la maison d'un bout à l'autre. En arrivant dans le solarium, Joé a murmuré :

— Alors la voilà, la scène du crime !

— Ouvre l'œil, ai-je dit.

C'était une sorte de rotonde surmontée d'un dôme de verre, où flottait une odeur chaude et humide, comme dans la serre de Bobbi. Le solarium était rempli de plantes — celles que le voleur avait dédaignées.

On n'était pas sitôt entrés que Joé a commencé à se comporter bizarrement : dos voûté, démarche raide, bras collés au corps...

— Qu'est-ce qui t'arrive, bon sang ?

— Fais attention, Steph. Circule au milieu et gare à tes doigts.

— Pourquoi ?

— Je me méfie d'elles comme de la peste.

— Tu te méfies de qui ?

— De qui, tu penses ? Des plantes, évidemment !

— Quoi ?

— Tu les as vues ? Dégoûtantes !

Dégoûtantes ? Non. Tout juste un peu

bizarres, avec leurs drôles de boursouflures qui pendouillaient çà et là.

— Plantes-urnes, a dit Lester derrière nous. On les appelle ainsi à cause de leurs petites alvéoles. Vous ne trouvez pas qu'elles ressemblent à de petites urnes?

Je me suis penchée pour les examiner à loisir. Joé m'a agrippée par le bras. Mais qu'est-ce qu'il s'imaginait? Que j'allais être aspirée?

— Comment font-elles pour attraper les insectes? ai-je demandé.

— Ingénieux, a répondu Lester, un sourire gourmand sur les lèvres. Chaque alvéole est un petit piège en soi, une trappe minuscule. Regardez l'orifice au-dessus. Il est couvert d'un nectar délectable, merveilleux et sucré. Imaginez le scénario: Joé l'insecte s'approche tout doucement, hume le délicieux liquide et se dit: «Mmmm, quel arôme, sapristi!» Mais à l'instant précis où il se dépose sur la plante, oups!... Dégringolade au fond de l'urne.

— Qu'est-ce qui empêche Joé l'insecte de remonter?

— Oh! Ce n'est pas faute d'essayer, bien sûr. Mais regardez de plus près: la pente est raide et tapissée de poils inclinés vers le bas.

Le malheureux Joé a beau s'agripper de toutes ses forces, de minuscules dards lui entrent dans l'abdomen, dans la tête… Alors il renonce et se laisse descendre, plus bas, toujours plus bas, jusqu'au fond du bouillon.

— Du bouillon? ai-je répété.

À côté de moi, Joé a dégluti péniblement.

— Dans les enzymes digestifs, si vous préférez, a murmuré Lester avec un air de conspiration. Comme ceux que vous avez dans la bouche et dans l'estomac. Ils dissolvent tout, absolument tout. Pauvre Joé! Complètement découragé, incapable de faire le moindre geste pour se sauver. Car le fond de l'urne est garni lui aussi de centaines de tentacules qui s'agrippent à ses pieds. Et voilà l'ami Joé prisonnier. Chaque fois qu'il tente de faire un pas… il tombe. Épuisé, il renonce pour la seconde fois et s'abandonne aux enzymes qui, bouchée après bouchée, le dévorent… vivant!

— Asseeeeeez! a hurlé Joé, les mains plaquées sur les oreilles.

J'étais assez impressionnée, je l'avoue. J'ai contemplé les petites alvéoles avec un début d'admiration:

— C'est vraiment vrai?

Lester a hoché la tête:

— Morceau par morceau, la chair tendre de l'ami Joé est digérée lentement, irrémédiablement, jusqu'à ce qu'il n'en reste plus rien, si ce n'est… l'écaille.

Il a caressé l'une des alvéoles :

— Étonnant, n'est-ce pas ? Quelle merveille que la nature !

— Merveille ! a protesté Joé. Et l'ami Joé dans tout ça ?

— Oh ! Pour lui, bien sûr, c'est une autre histoire, a admis Lester bien volontiers.

— Est-ce que toutes les plantes se comportent de cette façon ?

— Bien sûr que non. Prenez celles-là, par exemple : elles n'ont pas d'alvéoles.

Elles étaient plus petites, hérissées de tentacules rouges et luisants. J'ai effleuré l'un d'eux du doigt. Joé a eu un hoquet douloureux.

— Hé ! C'est tout collant !

— Justement, a dit Lester. C'est l'arme du droséra. Reprenons le scénario : Joé l'insecte, non, Joséphine plutôt, pour changer, vole tout innocemment, aperçoit le nectar et s'approche pour y goûter. Elle n'a pas sitôt effleuré la plante qu'elle…

— … s'englue et disparaît à tout jamais. C'est ça ?

Joé a pincé les lèvres et Lester a éclaté de rire.

— Exactement, a-t-il dit. La pauvre Joséphine s'embourbe dans le nectar, mais l'histoire ne s'arrête pas là. Comme elle essaie de se dégager, les autres tentacules autour se rabattent lentement sur elle. Plus elle se débat, plus les tentacules resserrent leur étreinte. La trappe se referme, Joséphine est complètement paralysée. Les sucs gastriques de la plante entrent en action et Joséphine connaît un sort identique à celui de Joé...

— Dans le bouillon, ai-je terminé. Charmant!

— J'aime bien le droséra, a dit Lester en souriant tendrement, mais la plante que j'affectionne le plus, c'est sans contredit la dionée.

— J'en ai déjà vu une, ai-je dit précipitamment. À l'école. Le bord des feuilles est hérissé de cils qui emprisonnent les insectes en se rapprochant les uns des autres.

— Exact! s'est exclamé Lester, visiblement excité. Comme une petite cage.

— Et ces plantes-là fabriquent aussi un bouillon qui dissout la chair et...

— Incroyable!

On s'est retournés en bloc : Joé nous contemplait, la face aussi verte que les plantes. On l'avait un peu négligé, celui-là.

— Vous vous entendez pas ! Vous avez vraiment l'air d'aimer ça, ma parole !

Il titubait légèrement et a tendu la main vers l'une des tables pour ne pas tomber. Il a effleuré une plante — une sorte de serpent à anneaux et capuchon, qui n'attendait que l'occasion de bondir. Elle était même munie de crocs.

— Aaaaahhhhh ! a hurlé Joé en ramenant vivement sa main vers lui.

— *Darlingtonia californica*, a déclaré posément Lester. Également connue sous le nom de cobra.

— J'ai envie de vomir, a dit Joé en louchant vers la porte.

— Oh, le pauvre !

Lester s'était tourné vers lui.

— Il est un peu… sensible, ai-je cru bon d'expliquer.

J'allais examiner le droséra de plus près quand j'ai senti un mouvement vers l'extérieur : tout le monde s'en allait. Zut ! Impossible de rester plus longtemps. On était sur les lieux du crime et tout ce que j'avais réussi à faire jusqu'à présent, c'était de me pâmer à grands renforts de «Ohhh!» et de «Ahhh!» devant des plantes complètement dingues.

Mais il n'était peut-être pas trop tard.

— Euh… Lester?

— Oui, Steph?

— Le vol de l'autre nuit… Est-ce qu'on sait comment le voleur a réussi à s'introduire ici?

Et comment avait-il réussi à trouver le solarium? Dans une maison aussi vaste, un tel exploit relevait du tour de force. Moi, ça m'aurait pris au moins deux heures rien que pour faire le tour de la maison.

Lester m'a regardée bizarrement et m'a montré une porte à l'autre extrémité du solarium.

— Elle mène directement dehors. On ne l'utilise pratiquement jamais. Elle était à moitié cachée par la neige, d'ailleurs. Le voleur a dû contourner la maison, se frayer un chemin à travers la neige et forcer la porte avec une barre de fer.

J'ai marché jusqu'à la porte. Juste au-dessus de la poignée, le bois était crevassé — à cause de la barre de fer, sans doute. J'ai collé mon visage contre la vitre. La porte était surmontée d'une espèce d'auvent sous lequel était fixé un luminaire. Un peu plus loin, la surface de la neige était trouée par endroits : les traces du voleur ?

Tout à coup, lumière ! Là où on trouve des empreintes de pas, on trouve des empreintes de doigts... Celles du voleur ! J'ai saisi la poignée. Une autre main au-dessus de la mienne a refermé la porte d'un coup sec.

La main de Lester.

— Que faites-vous ?

— Je sors.

— Pourquoi ?

— Pour voir les traces de pas.

Il a jeté un coup d'œil dehors :

— Intéressant. Bizarre aussi. Comment se fait-il que toute la neige tombée récemment n'ait pas suffi à combler les trous, même avec l'auvent ? Le vent devait souffler dans l'autre direction.

— Excusez-moi, ai-je dit en saisissant de nouveau la poignée.

— À votre place, je ne ferais pas ça, a dit Lester avec un petit rire. Muffy vient de faire poser un nouveau système d'alarme. Ouvrez cette porte et, en moins de deux, tous les policiers de Winnipeg seront ici.

— Oh !

— Allons rejoindre les autres dans la cuisine. Lester souriait malicieusement : Muffy fait de ces biscuits, vous n'avez pas idée.

Ni Joé ni Misha ne s'y trouvait. Muffy y était par contre, les boucles en bataille et plus excitée que jamais. Elle s'est littéralement ruée sur moi :

— Oh Steph ! Vous êtes encore ici ?

— Bien sûr, ai-je répondu, gênée. Où sont Joé et Misha ?

Battements de mains, embarras, balancement des hanches, sur une patte, puis sur l'autre :

— Vous voulez dire que... Mon doux ! Eh bien, Joé a annoncé qu'il sortait pour aller... eh bien, pour aller vomir. Quant à Misha, il... Veda lui a dit quelque chose, j'ignore quoi. Il est devenu tout rouge et a pris la porte, en disant qu'il... oh, mon doux !... qu'il allait se rendre à la police.

— Quoi ?

Bruissements d'ailes, tressautements de boucles :

— Ils sont partis, Steph. Ils sont partis sans vous !

Ils n'étaient pas partis du tout. Joé n'avait pas vomi et Misha ne s'était pas livré à la police.

Pas encore.

Ils m'attendaient, tous les deux confortablement installés à l'intérieur d'Héloïse. À la chaleur, en plus.

— Pousse-toi, ai-je dit en prenant place à côté de Joé.

Nous sommes restés assis sans parler, à regarder devant nous. Pas grand-chose à voir, d'ailleurs : un garage avec une motoneige garée devant et, derrière, un arbre isolé à moitié enseveli. La clôture était à peine visible dans le noir.

— Veda Bickel, ai-je fini par dire, qu'est-ce qu'elle t'a dit, Misha ?

— Rien du tout.

Rien ?

— Bickel, a marmonné Joé de son côté. Ça rime avec fiel. Elle en est pleine. Quelle chipie !

Grognement approbateur de Misha.

Héloïse a toussé comme une vieille enrhumée.

— Je vais vraiment le faire, a murmuré Misha. Je vais me rendre.

Puis il a frappé le volant plusieurs fois de suite en émettant un juron que je m'en voudrais de répéter ici.

— De toute façon, personne me croit. Autant en finir.

— Oui, mais…, a commencé Joé.

— Oublie ça, a dit Misha en embrayant. Tu fais tout ce que tu peux pour m'aider, Joé, mais ça sert à rien. Ils vont m'avoir, quoi que je fasse.

Je ne trouvais rien à dire, Joé non plus. On a fait tout le trajet en silence.

Bobbi nous attendait. Elle a regardé Misha et lui a fait signe de la suivre au salon. Joé et moi, on est allés directement à la cuisine.

— Désolé.

— Pourquoi ?

— Pour les vacances. C'est fichu maintenant. C'est pas du tout ce que j'avais imaginé.

— C'est pas de ta faute.

— Je le sais. J'aimerais tellement qu'on trouve un moyen d'innocenter Misha.

Moi aussi, je le souhaitais, mais l'enquête allait de mal en pis. Une pensée horrible m'est venue tout à coup : et si Misha n'était pas innocent ?

Toutes les preuves étaient contre lui : Héloïse aperçue près de la maison, Misha qui refuse de se rendre dans le solarium... Pourquoi ? Et pourquoi vouloir se rendre à la police si...

— Joé ?

— Hein ?

— Es-tu sûr que c'est pas Misha qui a fait le coup ?

— QUOI ?

Je lui ai énuméré brièvement les raisons qui pouvaient nous faire croire à la culpabilité de Misha.

— Il peut pas avoir fait ça, Steph, a gémi Joé.

— D'accord. Qui alors ?

Le regard de Joé a fait le tour de la cuisine, comme si le voleur allait surgir du grille-pain ou du réfrigérateur.

— Lester? a-t-il fini par dire.

— Lester? Pourquoi Lester?

— Tu l'as vu comme moi, a répondu Joé en faisant les cent pas. Il y a pas plus avide de sang que lui. Tu l'as entendu se réjouir des malheurs de ce pauvre Joé?

— Euh…

Difficile d'avouer que moi aussi, j'y avais pris plaisir.

— Je lui fais pas confiance, Steph. On peut pas avoir confiance en quelqu'un capable de se réjouir de la mort d'un insecte.

— Euh…, ai-je répété, mal à l'aise.

Parce qu'en ce qui me concerne, il m'arrive assez souvent de me réjouir de la mort de certains insectes : les mouches noires, les maringouins, les guêpes, les puces…

Bobbi a passé la tête dans l'entrebâillement de la porte :

— Au lit tous les deux, a-t-elle dit avec un pauvre sourire.

J'étais claquée et je n'avais qu'un désir : que Misha ne soit pas le voleur. Mais toutes mes enquêtes m'avaient appris une chose : on ne choisit pas le coupable.

Dommage.

* * *

Joé s'est levé le lendemain avec les yeux cernés jusqu'au menton.

— J'ai pas fermé l'œil de la nuit.

— Ah bon?

Il m'a jeté un regard noir:

— Aurais-tu oublié par hasard que je partage ma chambre avec des assassins? Un abattoir, je te dis. C'est dans ma chambre que les insectes sont exécutés froidement l'un après l'autre. J'ai passé la nuit les oreilles bouchées, pour ne pas entendre leurs gémissements…

— Les insectes gémissent pas, Joé. Et en plus, on est en hiver, il y a pas d'insectes. Tes plantes sont au régime.

Bobbi nous a servi un jus d'orange.

— Tu as partiellement raison, Steph. La plupart des insectes sont en pleine hibernation présentement, mais certains vivent dans les fruits, été comme hiver. Misha les élève pour nourrir ses plantes.

— Tu vois? s'est écrié Joé. J'avais raison ou pas?

— En tout cas, ils gémissent pas.

— Qu'est-ce que tu en sais?

Misha déblayait l'entrée. Bobbi avait dû le convaincre de changer ses plans, car elle nous a annoncé qu'il nous emmenait patiner.

— Patiner ! Voyons donc ! On doit s'occuper de l'affaire, ai-je objecté en pensant aux empreintes de pas chez Muffy.

Je voulais les examiner de jour.

— Misha m'inquiète, a fait Bobbi en secouant la tête. Il faut absolument essayer de le distraire. Et il adore patiner.

« Bon. C'est pas une si mauvaise idée, après tout », ai-je pensé en avalant mon déjeuner. Pour deux raisons. La première : j'aurais l'occasion d'interroger Misha. La seconde : le flirt. Aborder Misha en recourant à certaines techniques suggérées par mes lectures pourrait sans doute faciliter l'interrogatoire. La « technique d'approche » visait à « établir des rapports de franche amitié entre deux personnes consentantes ». La méthode était simple : manifester à son partenaire un « intérêt sincère et authentique » en s'informant de ses passe-temps ou de ses goûts, par exemple.

Misha aimait le patin ? À la bonne heure ! Si je faisais montre d'un « intérêt sincère et authentique » pour le patin, il y avait peut-être une chance que s'établissent beaucoup plus que des rapports de franche amitié entre nous. Je pourrais peut-être l'amener à me parler de lui et des autres membres du club. Le prix à payer pour obtenir ces confidences ?

Presque rien : tourner en rond sur la glace.

Et c'est ainsi qu'une demi-heure plus tard, ficelée comme un saucisson et armée d'une antique paire de patins ayant jadis appartenu à Bobbi, j'affrontais une fois encore le froid manitobain. Je n'étais pas au bout de mes peines...

— On va chez Olivier, a déclaré Misha tout de go.

Ah bon !

— Olivier est le meilleur ami de Misha, m'a glissé Joé.

On a donc suivi Misha jusqu'à une maison où un gars et une fille avaient l'air de nous attendre à la fenêtre. Misha leur a envoyé la main en désignant l'arrière de la maison. Hochement de tête du gars à la fenêtre.

— Venez. Rendez-vous dans la cour.

Dans la cour ? Pourquoi ?

On a suivi un petit sentier et là, j'ai tout compris.

— Une patinoire ? me suis-je exclamée, stupéfaite. Dans une cour ? Incroyable !

Elle était magnifique, vaste, avec un filet de hockey à chaque bout, des bancs sur les côtés et des lumières de Noël tout autour.

— Chaque année, a dit Misha en retirant

ses bottes, le père d'Olivier nous fait une patinoire. On passe la moitié de l'hiver ici.

Olivier nous a rejoints avec sa sœur, Mary Beth. Il était grand — ses patins le grandissaient encore — et mince. Mary Beth devait avoir dans les huit ou neuf ans.

Et tout ce beau monde s'est retrouvé sur la glace, tournoyant et virevoltant avec grâce.

Eux, en tout cas.

Parce que pour ma part, la grâce... Oh, j'arrivais très bien à me déplacer d'un bout à l'autre de la patinoire sans me casser la figure... Mais essayez donc de patiner convenablement quand vous chaussez des patins trois ou quatre fois par année. Les Olympiques, très peu pour moi.

Mais pour eux, oui. Cent fois oui. Mary Beth faisait tous ces trucs qu'on voit à la télévision — des boucles, des sauts, des vrilles... Quant à Joé, c'est simple, il patinait plus vite à reculons que moi par en avant. Olivier et Misha? Laissons tomber, d'accord?

— Laisse-toi aller, Steph, m'a crié Joé en me dépassant pour la millième fois. Détends-toi et laisse-toi glisser! Regarde, ça va tout seul. Laisse-toi glisser!

— Laisse-toi glisser, laisse-toi glisser, ai-je marmonné en chancelant sur mes patins. Qu'est-ce que tu penses que je fais?

Olivier a surgi devant nous avec une rondelle et des bâtons de hockey.

Oh, oh!

— Je joue pas, a déclaré Mary Beth. Je préfère continuer à m'entraîner.

— Alors entraîne-toi à l'autre bout, d'accord? a-t-il rétorqué en tendant un bâton à Misha et un autre à Joé. Tu en veux un?

Il s'adressait bel et bien à moi.

Premier réflexe: non. Second réflexe: oui. À cause de la fichue «technique d'approche». J'ai tendu la main en souriant bravement.

— Tant pis pour vous, ai-je marmonné.

En équilibre plus que précaire, j'ai abaissé mon bâton en essayant tant bien que mal de donner un air de vraisemblance à mon accoutrement et à mon allure en général. Laborieusement. Eux, ils me tournaient déjà autour, glissant, ondulant comme ce n'est pas permis. Quant à la rondelle, inutile d'en parler, je ne la voyais même pas tellement elle passait vite de l'un à l'autre.

Tout à coup, vlan! La rondelle entre les deux jambes. Et Olivier tout fier qui me regarde en souriant.

Avec sa figure mince, ses traits fins et ses

dents qui brillaient au soleil, il avait tout du jeune renard.

— Tu es sûre que tu veux jouer?

Je lui ai lancé un regard torve:

— Sapristi! Il doit bien exister une place dans ce foutu jeu où on est pas obligés de patiner aussi vite!

Le sourire d'Olivier s'est élargi:

— Oui, gardien de but.

— Il faut l'habiller en conséquence, a fait remarquer Misha. On va la perdre, sinon.

En moins de temps qu'il n'en faut pour dire «Pas question!», je me suis retrouvée emprisonnée dans une armure: casque et masque protecteurs qui m'obstruaient complètement la vue, rembourrures monstrueuses autour de la poitrine, des bras et des jambes. Sans parler des gants. Faits pour des gorilles, les gants!

— Je peux pas bouger mes doigts, ai-je cru judicieux de faire remarquer.

— T'occupe pas! a dit Olivier en me poussant littéralement devant le filet et en me tendant un bâton encore plus gros que le premier.

Je l'ai empoigné de peine et de misère.

— Et maintenant, qu'est-ce que je fais?

— Tu arrêtes la rondelle, c'est tout.

Arrêter la rondelle?

D'accord.

Trente secondes plus tard, elle sifflait à mes oreilles et allait frapper l'armature de métal derrière moi. CLIC! J'ai cru devenir sourde.

— La foule est survoltée, a commenté Joé à haute voix en freinant brusquement près de moi.

Éclats de glace en plein dans l'œil.

VLAN! Cette fois, elle est arrivée tellement vite que je ne m'en suis même pas aperçue. Elle a rebondi et mes arrières ont accusé le coup — arrières, je le précise, qu'on n'avait pas jugé bon de rembourrer.

— OUILLE!

— Il lance et compte! hurlait Olivier.

Il était derrière moi. Non, pas derrière, devant. Non, pas devant, derrière. En tout cas... La rondelle, elle, elle était... Eh bien, elle était là où était...

PLOC!

— Relève-toi, Steph. Les gardiens de but s'assoient pas par terre.

— Je suis pas assise, idiot, je suis tombée!

— Ah bon! Relève-toi quand même!

Ce que j'ai essayé de faire. Une conclusion s'est imposée immédiatement à mon esprit : il est totalement impossible de se relever quand les jambes refusent de plier.

— Debout, Steph !

Zoum ! Zoum ! Zoum ! Plus rapides que des balles, les gars. Ne me demandez surtout pas comment je me suis retrouvée debout.

J'ai tenu bon encore dix minutes. Une seconde conclusion s'est imposée à moi : le métier de gardien de but est un métier stupide. Vous êtes là à attendre, dans un accoutrement totalement ridicule, qu'une rondelle de caoutchouc vous arrive en pleine face à cent kilomètres à l'heure.

Grotesque.

Et inutile. Je perdais mon temps. Mon enquête était au point mort.

— J'arrête, ai-je annoncé. Je meurs de froid et j'ai les doigts engourdis.

Olivier m'a dépassée en riant :

— Mauviette !

Je ne pourrais pas le jurer, mais je suis presque sûre que c'est ce qu'il a dit. Je me suis affalée sur un banc, complètement vannée. Moi, mauviette ? Steph Diamond, mauviette !

Mary Beth est venue me rejoindre.

— J'ai perdu mon hamster.

— Ah bon! ai-je fait distraitement en retirant mon attirail.

— Il est pas vraiment à moi, il appartient à l'école. Je l'avais apporté ici pour les vacances et je le trouve plus.

— Dommage.

— Misha dit que vous êtes des détectives, toi et Joé. Les hamsters disparus, ça vous intéresse pas?

— On est déjà sur une affaire, ai-je répondu. Et, de toute façon, on s'occupe pas des hamsters.

— Ah!

— Mais t'inquiète pas. Les hamsters sont comme ça. Il va revenir quand il va avoir faim.

Le père d'Olivier est arrivé à point nommé avec du chocolat chaud. Mary Beth s'est rabattue sur Joé. Mais elle n'avait plus l'air de vouloir nous engager comme détectives. Heureusement!

Son chocolat bu, Joé s'est remis à tourner en rond sur la glace en frappant la rondelle. Mary Beth m'a charitablement offert de m'enseigner les rudiments du patin artistique.

— Apprendre à patiner à reculons me

suffirait amplement.

Je m'y essayais tant bien que mal quand mon oreille a capté des bribes de conversation entre Olivier et Misha.

— Tu me prêtes Héloïse, alors? demandait Olivier. J'emmène Vanessa au concert des Rats d'égout ce soir et mon père a besoin de la voiture.

— Sûr, a répondu Misha. Les clés sont à l'endroit habituel. Dans le coffre à gants.

À l'endroit habituel?

Toujours à reculons, je me suis approchée d'eux, mine de rien.

— Les Rats d'égout! Ouais! Tu te refuses rien!

— Je roule sur l'or, a rétorqué Olivier en riant.

— Blague à part, a dit Misha, tu dois être... Steph! Mais qu'est-ce que tu fabriques?

Réponse: je m'affalais de tout mon long en travers de ses jambes. J'étais tellement occupée à écouter leur conversation que je ne m'étais pas rendu compte que j'arrivais sur eux. Je me suis relevée en m'agrippant à ses basques — pas seulement à ses basques, hélas! À ses épaules et à ses cheveux aussi. Seigneur!

— Désolée.

La « technique d'approche », ce n'était pas ça. Pas ça du tout.

— Hé, Steph! Tu as réussi, m'a crié Mary Beth. Tu sais patiner à reculons à présent. Tu es rendue au milieu de la patinoire.

Je me suis retournée. Elle avait raison. Mais inutile de m'attarder sur ce détail. Pas après une telle découverte dans mon enquête sur les plantes volées. J'ai patiné aussi vite que j'ai pu jusqu'à Joé — par en avant, cette fois.

— Pas mal, a dit Joé en me voyant arriver. Mais à ce rythme-là, Misha va être chauve avant la fin des vacances.

— J'ai à te parler, ai-je dit précipitamment. Seule à seul.

Pas facile à convaincre, Joé. Surtout qu'Olivier venait de nous inviter chez lui. J'ai dû me livrer à toutes sortes de simagrées — hochements de tête, haussements de sourcils, clins d'œil même — pour que le message imprègne son cerveau.

— Qu'est-ce qui se passe? a-t-il demandé comme on s'en retournait.

— On a un nouveau suspect.

Joé s'est arrêté tout net :

— Qui?

— Olivier.

— Olivier? Il est même pas membre du club.

— Peu importe. Olivier sait conduire. Misha lui prête Héloïse. Il laisse toujours les clés dans le coffre à gants et Olivier peut prendre la voiture quand bon lui semble.

— Tu veux dire que ça se pourrait qu'Olivier ait pris la voiture la nuit du vol?

— Exactement. Misha était à la maison, rappelle-toi. Il écoutait de la musique. Donc, il pouvait pas entendre la voiture démarrer.

Joé se triturait les lèvres :

— C'est presque pas croyable, Steph.

— Et puis, c'est pas tout, ai-je ajouté en sautillant sur place pour me réchauffer les pieds. Ce soir, Olivier emmène sa blonde à un concert qui coûte une petite fortune. Il dit qu'il roule sur l'or.

— À cause des plantes carnivores! s'est écrié Joé.

— Tout coïncide, non?

— Une minute! Joé a levé une mitaine. Olivier est pas membre du club, alors comment est-ce qu'il aurait pu savoir que Muffy devait prendre un somnifère ce soir-là?

Ah oui! Comment, au fait?

— Par Misha, ai-je fini par répondre. Ils

sont amis, pas vrai? Voisins, en plus. Comme nous.

Et Joé et moi, on se dit tout.

— Tu as raison, Steph. C'est sûrement lui. Penses-tu qu'il a rapporté les plantes chez lui? Penses-tu… Oh, Seigneur!

Nouvel arrêt. Déglutition douloureuse.

— Quoi?

— Le hamster de Mary Beth!

— Le hamster? Mais qu'est-ce que ça vient faire…

Lumière!

— Seigneur!

— J'arrive pas à y croire, a murmuré Joé. Pauvre Sigmund.

— Sigmund?

— C'est son nom.

J'ai secoué la tête:

— C'était son nom.

Joe a fermé les yeux et a renversé la tête en arrière.

— L'une de ces satanées plantes a dévoré le pauvre Sigmund!

Chapitre

7

— Si au moins on pouvait l'arrêter. J'aimerais ça retourner chez Olivier et lui mettre le grappin dessus.

— Moi, c'est les plantes que j'aimerais arrêter! a rétorqué Joé, rouge de colère.

— Et leur mettre des menottes, tant qu'à y être? Les jeter en prison et faire disparaître les clés?

— C'est pas drôle, Steph. Quand je pense au pauvre Sigmund... Joé faisait un effort surhumain pour se contrôler. Qu'est-ce qu'on fait maintenant?

— On retourne chez Olivier et on fouille la maison de fond en comble.

— Ouais! C'est en plein ce qu'on va... Mais comment? Sous quel prétexte? Qu'est-ce qu'on va raconter à Olivier? Et à Misha?

— Facile, ai-je dit en faisant demi-tour. Pas plus tard que ce matin, Mary Beth voulait

85

nous engager comme détectives pour son fichu hamster. Elle m'a presque suppliée.

— Et alors?

— Alors on accepte. Tout le monde va s'imaginer qu'on cherche Sigmund, alors que nous, c'est des preuves pour inculper Olivier qu'on va chercher.

Ce qu'on a fait. Mary Beth s'est répandue en remerciements. Pendant un moment, Joé et moi, on s'est sentis affreusement coupables. Pauvre Mary Beth! Il n'y avait pas l'ombre d'une chance qu'elle retrouve son Sigmund vivant.

Olivier et Misha étaient au sous-sol, agglutinés devant l'ordinateur. On a donc commencé par le rez-de-chaussée. Penderies, armoires, meubles, canapés, tout y a passé en moins d'une demi-heure. Le père de Mary Beth est arrivé sur ces entrefaites et nous a chaleureusement remerciés à son tour en nous offrant des beignets. Nouvel accès de culpabilité, plus violent.

Mary Beth est partie en éclaireur au sous-sol pour prévenir Olivier et Misha.

— Enquêter sur un hamster? s'est étonné Misha. Ça vient de qui, cette idée-là?

Mary Beth a regardé Joé, qui à son tour m'a regardée.

L'air découragé, Misha a secoué la tête en se retournant vers l'écran.

L'ordinateur se trouvait dans une salle de jeu agrémentée de canapés et d'un téléviseur. Une fois l'inspection terminée, on est allés à la salle de lavage puis dans une pièce où il y avait une énorme fournaise. Rien. On avait passé tout l'étage au peigne fin. Une seule porte restait close, à côté de l'ordinateur. J'ai tourné la poignée.

— Hé! s'est aussitôt écrié Olivier. C'est ma chambre. Qu'est-ce que tu fais là?

— Je cherche Sigmund.

— On entre pas! a fait Olivier. Propriété privée!

J'ai néanmoins jeté un coup d'œil à l'intérieur. Noir total. Mais au fond, là-bas… je me trompais ou c'était…

Olivier a claqué la porte sous mon nez.

Des plantes!

— Mais Sigmund…

— Oublie ça! Va enquêter ailleurs. Des rongeurs en fuite, il y en a pas dans ma chambre.

Il avait dix bons centimètres de plus que moi et avait l'air cent fois plus enragé. J'ai retraité prudemment. Pour nous donner une contenance, Joé et moi, nous avons fait semblant de repasser le sous-sol au peigne fin. Toujours rien, évidemment. Quand on est partis, Mary Beth était au bord des larmes.

— Il va peut-être rappliquer, ai-je risqué.

— Oui, a renchéri Joé. Il va sûrement rap... euh... rappliquer.

Mais la seule image que j'avais en tête, c'était... Sigmund en bouillie.

— Il y avait des plantes dans la chambre d'Olivier.

— Des plantes carnivores?

— Je sais pas, j'ai pas eu le temps de voir. Il m'a quasiment claqué la porte sur les doigts.

— Il cache quelque chose, c'est clair.

Plusieurs voitures étaient garées dans l'allée de Bobbi.

— Zut! a fait Joé. La parenté. Je l'avais oubliée, celle-là.

— La parenté?

— Ouais! Une vraie tribu: des cousins, des cousines, des oncles, des tantes, des grands-oncles, des grands-tantes... Terminée pour aujourd'hui, l'enquête.

— Mais on est pressés, Joé. Ta fichue parenté, on pourrait pas la planter là et...

— La planter là? Ma parenté? On voit bien que tu la connais pas.

Il avait raison. Omniprésente, la parenté. Et causante, en plus. Sans parler des becs qui n'en finissaient pas. On en a eu pour des heures. Les premières minutes ont été particulièrement pénibles : être obligée d'embrasser trente personnes que je ne connais ni d'Ève ni d'Adam est toujours pour moi une épreuve. Heureusement qu'il y avait la bouffe. Bobbi avait préparé divers plats ukrainiens : petits rouleaux de chou farcis de riz et de bacon, appelés *holpuchi*, saucisses au porc et à l'ail, appelées *kobasa*, et boulettes de pommes de terre et de fromage, particulièrement savoureuses, des *perogies*. Le tout nappé de crème sûre. J'ai l'impression que c'est une constante en Ukraine, la crème sûre. Il y en a partout et sur tout. Je passe rapidement sur les desserts : carrés aux dattes, tarte aux bleuets et… ma tarte au citron meringuée.

— Je suis bourrée, ai-je dit à Joé. Je venais d'engouffrer mon troisième morceau de tarte. Tout compte fait, c'est pas si mal, la parenté.

— Parle pour toi, a rétorqué Joé. Attends qu'ils sortent les photos de bébés.

Ce qui n'a pas tardé. Ils se sont tous entassés sur le canapé et ont sorti les albums de photos. Je me suis éloignée discrètement. S'il y a une chose qui m'ennuie, c'est bien les photos de famille, surtout celles des bébés. Mais ce n'était évidemment pas l'avis des oncles et des tantes de Joé, qui manifestaient bruyamment leur intérêt.

— Regardez celle-ci! Dans son Jolly-Jumper. Le pauvre oncle Bob n'avait pas lu les instructions et l'avait mal fixé, vous vous rappelez? Pauvre petit Joé! Il a rebondi deux ou trois fois avant d'aller s'écraser à l'autre bout de la pièce. Un superbe vol plané!

— Si je m'en souviens! On l'a ramassé en bien piteux état.

Gloussements de plaisir, rires.

— Et làààà… Oh, le pauvre chou!

— Et celle-là! Mon Dieu! qu'il était potelé à cette époque! Vous avez vu ses jambes? Comment est-ce qu'on l'appelait déjà?

Nouveaux éclats de rire.

— Joé-le-cuissot!

— Très drôle, a marmonné Joé. Vraiment très drôle.

— Et là, tout nu. Ce qu'il était mignon!

Joé est devenu tout rouge et s'est caché la tête sous un coussin.

Il n'y en avait que pour lui. Pour Misha, rien du tout. On le regardait à la dérobée, mal à l'aise. Ils savaient à propos du vol, c'était l'évidence même. Un après l'autre, ils sont allés lui parler. Main sur l'épaule, paroles chuchotées. Misha n'était pas très expansif. Il hochait la tête, se mordait les lèvres sans arrêt.

Ils ont fini par partir. Bobbi s'est émue devant l'heure tardive et nous a littéralement poussés au lit.

— Et demain ? a pris le temps de me glisser Joé. On fait quoi ?

— On retourne chez Olivier. Il faut qu'on la voie, sa chambre. Je sais pas comment on va s'y prendre, mais compte sur moi, on va y arriver.

Chapitre

8

Le lendemain matin, au déjeuner, Joé m'a jeté un bref coup d'œil avant de se tourner vers Misha :

— On retourne patiner aujourd'hui? On aimerait ça, Steph et moi. Chez Olivier. C'était tellement amusant.

Misha a secoué la tête :

— Impossible. Je dois aller au jardin botanique. Les organisateurs de l'exposition sont tellement déçus qu'elle ait été annulée! Je vais leur apporter quelques-unes de mes plantes. Ils auront au moins ça à montrer aux visiteurs.

— Excellente idée, a dit Bobbi. Tu pourrais emmener Steph et Joé avec toi. Ça les intéresserait peut-être de visiter le jardin botanique.

— J'ai déjà invité Olivier, a répondu Misha.

— Il y a assez de place pour tout le monde, a rétorqué Bobbi sur un ton qui n'admettait pas de réplique.

Puisqu'il le fallait! Autant tourner la situation à notre avantage et en profiter pour essayer de s'introduire dans la chambre d'Olivier. Il faudrait trouver un prétexte, n'importe quoi, quand on passerait le prendre. On s'est rués vers la porte.

— Une minute! a dit Misha. Il faut que j'aille réchauffer Héloïse.

Bonne idée.

Je suis restée bien au chaud à le regarder gratter le pare-brise, débrancher Héloïse qui ronronnait en laissant échapper des nuages d'essence à l'arrière.

Débrancher? Pourquoi? Ils branchaient les voitures, ici?

— Pour empêcher le moteur de geler, a dit Joé.

— Tu veux dire qu'ici, toutes les voitures sont branchées comme… des grille-pain?

— Ouais.

Olivier est apparu dans l'allée. Zut! Encore une occasion de ratée!

On s'est tous entassés à l'intérieur d'Héloïse.

— Tiens!

Misha a déposé des plantes enveloppées de cellophane sur nos genoux. Regard apeuré de Joé.

— Je m'en charge, ai-je dit en prenant sa plante.

— Merci, a fait Joé avec un faible sourire.

On a longé une interminable suite de champs enneigés, ponctués çà et là de skieurs courageux. Dans la ville, brouillard total. Partout, des nuages : nuages d'essence, nuages de buée sortant de la bouche des passants... Olivier multipliait les explications sur la ville : la rivière Rouge, le musée, la salle de concert, le théâtre...

— Et voici la célèbre intersection Portage et Main.

— Pourquoi célèbre ?

— Parce que c'est l'endroit le plus glacial de la ville, à cause de la largeur des rues. En hiver, quand il vente, c'est effrayant : on se sent comme en plein ouragan.

— Avant, des policiers réglaient la circulation, a dit Misha en frissonnant. Ma mère m'a dit qu'ils étaient obligés de porter de longs manteaux en peau de bison pour tenir le coup.

J'avais beau regarder, je ne voyais qu'une intersection semblable à toutes les autres. Ce qui ne voulait absolument rien dire, car j'avais appris au moins une chose sur Winnipeg: il est pour le moins hasardeux de parler de l'extérieur quand on est à l'intérieur.

Misha nous a déposés à la porte du jardin botanique. C'était un immense édifice de briques rouges couronné de verre et rempli d'énormes plantes à l'aspect étrange.

En entrant, Olivier a trébuché et a failli tomber sur moi. J'allais lui dire de regarder où il mettait les pieds quand ça m'est revenu tout à coup: la «rencontre fortuite».

Technique éprouvée, flirt assuré. Les magazines en avaient long à dire sur le sujet. Pour attirer l'attention de quelqu'un, rien de tel que de lui rentrer dedans.

Je n'en croyais pas mes… mes quoi au fait? Olivier! Flirter avec moi?

Et pourquoi pas? C'était un ado lui aussi, qui s'était montré… très amical dans la voiture, d'ailleurs.

Cogitations intenses. Ça pourrait peut-être m'être utile. Du point de vue professionnel, je veux dire. Peut-être qu'en répondant à ses avances, j'arriverais à découvrir le pot aux roses. D'ailleurs, il y avait cette autre technique que je n'avais pas encore essayée: le «pif romantique»!

Très simple, comme technique : vous dites à quelqu'un qu'il sent bon. C'est stupide, je le sais, mais c'est dans les magazines, je le jure.

Je me suis donc penchée vers Olivier en humant l'air bruyamment.

— Mmmm. C'est fou ce que ça sent bon par ici !

Olivier a humé l'air, lui aussi, avant de regarder autour de lui :

— Patates frites, a-t-il déclaré posément. Dis à Misha que je suis à la cafétéria.

Disparu comme par enchantement.

Génial, vraiment.

J'ai rejoint Joé en grande conversation avec une dame à la réception. Elle nous a remerciés pour les plantes et nous a invités à faire le tour des lieux.

Plutôt impressionnant comme spectacle : bananiers géants garnis de fruits verts aussi gros que des saucisses, orangers miniatures, vignes entremêlées… Une vraie jungle ! Au beau milieu de ce décor, un étang rempli de poissons tropicaux. Il y avait aussi un puits. J'y ai jeté un sou en faisant un souhait : devenir une pro dans la technique du flirt. Sapristi ! Qu'est-ce que les autres avaient que je n'avais pas ?

On a retrouvé Misha à la réception, avec la dame.

— Quel dommage, disait-elle. On l'attendait tellement, cette exposition ; elle aurait attiré beaucoup de monde. Les enfants n'arrêtent pas de téléphoner. On mettait beaucoup d'espoir dans cet événement, vous comprenez ? Ça aurait été comme un nouveau début, une autre corde à notre arc. Un jardin botanique doté d'une section réservée aux plantes carnivores ! Pensez-y un peu.

— À ce point-là ? s'est étonné Joé.

La dame a hoché la tête :

— Il existe peu d'endroits où le public peut voir ce type de plantes. Elles sont très rares, vous savez.

— Ce qui veut dire qu'à cause du vol, c'est fichu ?

La dame a haussé les épaules :

— Si l'exposition avait eu lieu et avait remporté le succès escompté, peut-être qu'on aurait fini par s'imposer dans ce domaine. Tandis qu'à présent !... Il y a un tas d'autres groupes qui se débrouillent très bien dans un secteur ou un autre et qui cherchent tous à s'imposer. La Société royale des orchidées, par exemple : madame Flaversham, la présidente, fait une véritable campagne...

— Une campagne? m'a soufflé Joé.

— Elle embête tout le monde avec ça, si tu préfères.

— Comme Veda Bickel, a marmonné Joé. C'est à croire que tous les présidents de clubs sont des arrivistes.

Possible. Je revoyais Veda, ses yeux comme des dards fixés sur Misha... J'en avais froid dans le dos.

Misha serrait la main de la dame. Elle nous a remerciés une fois encore pour les plantes avant de disparaître dans son bureau.

Olivier était toujours à la cafétéria, affalé sur une chaise, les pieds sur une autre, en train de terminer des frites qui, ma foi, avaient l'air drôlement appétissantes. Mais Misha était pressé. On avait déjà un pied en dehors de la cafétéria quand Joé nous a arrêtés:

— Une seconde!

Il est revenu sur ses pas et s'est dirigé vers quelqu'un qui dissimulait son visage derrière un journal. Joé a regardé par-dessus.

— Eh! C'est Lester Potts. Salut, Lester!

Le journal s'est abaissé lentement: figure rose et regard étonné de Lester.

— Pour une surprise..., a-t-il dit.

Salutations réciproques. Misha a exposé

la raison de sa visite.

— Et vous, Lester, qu'est-ce que vous faites ici?

Le journal s'est abaissé un peu plus.

— Eh bien, je... euh... je viens souvent ici. L'atmosphère, la tranquillité... toutes ces plantes qui nous entourent...

Joé a eu l'air étonné:

— Mais vous êtes fleuriste, il me semble.

— Oui, oui, bien sûr, a fait l'autre, mais tu sais ce que c'est: on en veut toujours plus, non?

Lester aussi mangeait des frites. J'allais lui demander s'il avait assez d'appétit pour les manger toutes quand j'ai aperçu une femme qui nous regardait près de la porte. Le genre effacé, au nez pincé, dissimulée derrière un manteau brun plus qu'ordinaire. Invisible, quoi!

Joé palabrait toujours sur les plantes. Je l'ai poussé du coude.

— Des plantes carnivores, vous en vendez, Lester? s'informait Joé.

La femme nous regardait toujours. Nous regardait? Non. Nous observait plutôt. Pourquoi?

— Oh non! disait Lester. J'aimerais bien

en vendre, mais ma boutique est assez…
ordinaire. Un peu trop ordinaire à mon goût,
d'ailleurs. Les affaires ne sont pas très bonnes, ces temps-ci et… oh Seigneur!

Il a remonté le journal à toute vitesse sans
rien ajouter.

— Bon, eh bien, on s'en va…, a fait
Misha, décontenancé.

Seul le petit doigt de Lester a remué en
signe d'au revoir.

La femme invisible est entrée dans la
cafétéria pour faire la queue. J'ai poussé
Misha du coude:

— La femme au manteau brun, là-bas, tu
la connais?

— Jamais vue, a répondu Misha en
secouant la tête.

Bon. En voilà assez! Trop d'éléments ne
collaient pas, trop de questions restaient sans
réponse. Pourquoi Lester se cachait-il derrière son journal? Et de qui se cachait-il? De
nous? Pourquoi? De la femme au manteau?
Qui était-elle? Que faisait-elle à la cafétéria et
pourquoi nous surveillait-elle?

De retour chez Olivier, j'en étais encore à
ressasser toutes ces questions. Chez Olivier?
La chambre! C'était le moment ou jamais.

— On pourrait pas entrer une minute,

Olivier? J'ai… j'ai oublié quelque chose dans la maison, hier.

— Quoi?

— Euh… une de mes chaussettes.

— Une de tes chaussettes? a fait Joé, incrédule. Voyons, Steph, tu les avais toutes les deux quand on est rentrés hier. Des chaussettes rayées bleu et blanc, si je me souviens bien.

« Chapeau, Joé, ai-je maugréé, les dents serrées. Comme associé, tu donnes pas ta place. »

— Voyons, Joé, ai-je dit à mon tour. Tu sais bien que je garde toujours une autre chaussette en réserve dans… dans ma poche. Une sorte de chaussette porte-bonheur. Ouais, c'est ça. Une chaussette porte-bonheur.

Misha a haussé des sourcils interrogateurs:

— Tu as des chaussettes porte-bonheur, toi?

— Une. Comme tout le monde, non? ai-je fait en lui adressant mon sourire le plus candide.

Effet peut-être pas garanti pour établir des «rapports de franche amitié», mais pour entrer dans la maison, oui.

— Ta chaussette porte-bonheur, elle est

de quelle couleur? a demandé Joé en entrant.

J'ai failli lui manger l'oreille :

— Fiche-moi la paix avec ma chaussette porte-bonheur, bon sang! Tout ce que je veux, c'est entrer dans la chambre d'Olivier.

— Ah oui! c'est vrai, s'est-il souvenu. Euh… bon, tout le monde s'y met, a-t-il ajouté plus fort. Moi, je commence par le bas.

Ce qui me laissait le haut. Je me suis donc retrouvée en train de chercher une chaussette qui n'existait pas, dans des pièces que j'avais déjà fouillées, à la recherche d'un hamster qui n'existait probablement plus. J'en étais au canapé quand Joé a surgi derrière moi.

— Ça y est, a-t-il murmuré. J'y suis entré.

— Super! ai-je dit en me retournant vivement. Tu as vu les plantes?

— Les plantes, non, mais regarde ce que j'ai découvert!

Il m'a tendu la main, tout fier. De la terre! Une grosse poignée de terre. Mélangée à de la tourbe.

— C'était par terre, au fond de la chambre.

Mon cœur s'est arrêté de battre.

— Exactement à l'endroit où j'ai aperçu les plantes. Tu sais ce que ça veut dire, Joé?

Il a hoché la tête :

— Olivier a eu la frousse. Quand il a vu que sa chambre t'intéressait, il s'est débarrassé des plantes au plus vite.

On était tellement absorbés par la découverte qu'on ne les a pas entendus venir.

— Hé, les amis ! s'est écrié Misha.

On s'est retournés en bloc : la terre a été projetée en fine pluie noire sur... Olivier.

Oui...

Sur les épaules, sur la tête, dans la bouche... d'Olivier.

Chapitre

9

— Mais qu'est-ce que… Pouah!

Olivier se frottait les yeux, s'ébouriffait les cheveux, crachait, suffoquait…

Les yeux verts de Misha me regardaient, étonnés:

— Veux-tu bien me dire à quoi tu joues?

— À rien. C'est un accident, ai-je répondu en époussetant de mon mieux Olivier.

Mais essayez donc d'épousseter de la terre. Elle tombait sur le tapis blanc, laissant çà et là de petites plaques sombres. Olivier soufflait, crachait et… jurait.

— Peut-être qu'avec l'aspirateur… a risqué Joé.

Misha lui a jeté un regard noir:

— Est-ce qu'on peut savoir pourquoi ta copine se promène dans la maison en trimbalant de la terre?

— Elle… euh…

— Laisse-moi plutôt deviner : c'est sa poignée de terre porte-bonheur?

Joé s'est dirigé vers la porte.

— Je vais chercher l'aspirateur.

Bon, je vous l'accorde : pas très réussie comme manœuvre. On s'est répandus en excuses en nettoyant le tapis. Mais on progressait, aucun doute là-dessus. C'est ce que j'essayais de faire entrer dans la tête de Joé, une fois de retour chez Bobbi — dans la salle de lavage, pour être plus précise. Les indices s'accumulaient contre Olivier et il était peut-être temps d'alerter Misha.

— Es-tu folle? a rétorqué Joé, juché sur la laveuse. Olivier est son meilleur ami. Il croira jamais qu'il a volé les plantes.

Ouais. Possible. Ces deux-là étaient inséparables. Il faudrait beaucoup plus qu'une poignée de terre pour convaincre Misha qu'Olivier lui jouait dans le dos.

Et puis, Olivier n'était pas le seul suspect. Beaucoup d'indices allaient contre lui, d'accord, mais il y avait d'autres gens qu'il était impossible d'ignorer.

Il fallait donc recourir à la méthode habituelle : dresser une liste. J'ai fouillé dans mes poches. Coup de chance, j'y ai trouvé une feuille toute froissée avec le nom de mon école inscrit dessus. Juste en dessous, c'était écrit : *Avis aux parents. Urgent.* La date ? Début du mois de décembre.

Zut !

Ça ne devait pas être si urgent. La preuve !

— As-tu un stylo ? ai-je demandé à Joé en repliant la feuille.

Une minute plus tard, on avait un début de liste, qui se lisait comme suit :

Liste des suspects

1. Olivier :
présence de plantes et de terre dans sa chambre ;
disparition mystérieuse d'un hamster ;
a emprunté Héloïse ;
se sent riche.

— Ça fait beaucoup d'indices ! s'est exclamé Joé.

— En effet. Bon ! Les autres, à présent.

— La femme-araignée. Inscris-la, elle aussi.

— Tu veux dire Veda Bickel ?

Joé a hoché la tête :

— Tu l'as entendue à la réunion : elle déteste Misha et veut sa peau.

J'ai inscrit le nom de Veda sous celui d'Olivier.

— Voilà. Et Lester Potts? Tu lui as pas trouvé un air bizarre aujourd'hui? Comme s'il avait quelque chose à cacher.

— Ce type-là m'inspire pas confiance. Sa façon de décrire l'agonie du pauvre insecte, Joé pour ne pas le nommer, c'était…

J'ai préféré couper court:

— Et la femme de la cafétéria? La femme invisible?

— Tu es sûre qu'elle nous observait? Elle regardait peut-être dans notre direction, sans plus.

— Elle nous observait, Joé, aucun doute là-dessus. Elle faisait même semblant de regarder ailleurs pour pas éveiller nos soupçons.

— C'est peut-être un membre du Club des carnivores.

— Impossible: Misha la connaît pas.

Je voulais l'inscrire sur la liste; Joé, non.

— Il faut inscrire que des gens qu'on connaît, dit-il.

— C'est pas une liste d'invités qu'on dresse, Joé. On a pas besoin de la connaître personnellement.

On s'est finalement entendus pour l'inscrire au bas de la feuille, à la rubrique « Questions ». La liste se lisait maintenant comme suit :

Liste des suspects

1. *Olivier :*
   présence de plantes et de terre dans sa chambre ;
   disparition mystérieuse d'un hamster ;
   a emprunté Héloïse ;
   se sent riche.

2. *Veda Bickel :*
   déteste Misha ;
   veut sa peau ?

3. *Lester Potts :*
   comportement bizarre au J.B. ;
   sadique (à l'endroit des insectes, en tout cas).
   Question :
   Qui est la femme invisible ?

J'ai parcouru la liste deux ou trois fois. Soupir. Toutes ces questions qu'elle soulevait ! Olivier, par exemple. Il avait l'air coupable, mais il ne connaissait strictement rien aux plantes carnivores. Alors comment aurait-il pu sélectionner les spécimens les plus rares ? Veda et Lester, en revanche, étaient des experts, mais ils n'avaient jamais, que je sache, «emprunté» Héloïse.

Autre question : le voleur agissait-il seul ? Pouvait-il y en avoir deux ? Deux complices ?

— J'y vois de moins en moins clair, a soupiré Joé.

— Moi aussi. Ce qui nous manque, c'est un plan. Un plan pour forcer le voleur, ou les voleurs, à se manifester.

— Ouais. C'est en plein ce qui nous manque.

Il était dans la position du penseur de Rodin. Très peu pour moi. Je préfère marcher, arpenter une pièce de long en large. Ce que j'ai fait dans la salle de lavage, parsemée de tas de linge sale. La marche a de précieuses vertus, celle entre autres de mettre en connexion les pieds et le cerveau. En moins de deux, mes circuits s'activaient comme ceux d'un ordinateur.

Et le miracle s'est produit : les pièces du casse-tête se sont emboîtées les unes dans les autres. Un plan ! J'avais un plan. Et pas n'importe lequel. Un plan génial. Mais comment le mettre à exécution ? Là résidait tout le problème. Il nous fallait absolument de l'aide. Misha !

— Qu'est-ce qui se passe, Steph ? Tu as l'air bizarre.

— Eurêka, Joé! La seule façon d'attraper le voleur de plantes, c'est de faire comme les plantes.

— Quoi?

— Les plantes carnivores! Tu te rappelles comment elles attrapent les insectes? Eh bien, toi et moi, on va faire exactement la même chose.

— Je vois, a fait Joé. On va attirer le voleur avec notre précieux nectar?

— En quelque sorte, ai-je dit sans me démonter. Au fond, qu'est-ce qu'il veut, le voleur?

Joé a haussé les épaules:

— Revendre les plantes volées le plus cher possible.

— Justement. Notre nectar, c'est ça: l'argent. On bourre la serre de Bobbi des spécimens les plus rares. Le voleur est attiré et s'amène, comprends-tu? Mais nous, on est là à l'attendre. Il tombe dans le piège. Un vrai piège de carnivore, gluant à souhait, pour qu'il se prenne les pieds dedans.

— Bonne idée, a dit Joé, le regard soudain allumé. D'abord, il nous faut des... Une minute, Steph! Où est-ce qu'on va les prendre, les fichues plantes?

— Pas besoin de plantes, en fait. Il suffit

que le voleur croie qu'elles existent. Pour ça, il faut mettre Misha dans le coup. On va lui demander d'annoncer aux membres du club qu'il vient de recevoir plusieurs spécimens de plantes rares.

— Et Olivier?

— C'est lui, le problème. Il faut qu'il sache pour les plantes, mais pas pour le piège. Mais t'inquiète pas, je trouverai bien quelque chose. En attendant, il faut parler à Misha.

— Euh... Steph... Joé a sauté en bas de la laveuse. Je pense que je préfère lui parler moi-même. Seul à seul.

— Et pourquoi donc? ai-je demandé en mettant le cap sur la porte.

Joé m'a bloqué le passage.

— Je sais pas trop comment te le dire, mais...

— Mais quoi?

— Misha te trouve un peu... bizarre.

— Bizarre?

— C'est pas tout à fait le mot qu'il a employé, mais...

— Qu'est-ce qu'il a dit exactement?

— Oh, rien de grave, c'est juste que...

— Sapristi, Joé! Je suis plus une enfant. Crache!

— Tu veux vraiment savoir?

— OUI!

— Bon. Il a dit que tu étais fêlée.

— Fêlée?

— Fêlée, oui. Une pauvre cloche aussi, paumée et sans cervelle. Il a dit aussi — c'est textuel — que le jour où le créateur avait distribué l'intelligence, tu étais pas au rendez-vous.

Pendant une fraction de seconde, Joé a eu l'air soulagé. Soulagé et content de lui. Puis son front s'est plissé lentement et une lueur inquiète est apparue dans ses yeux. À cause de mon air, sans doute.

— Une pauvre cloche? ai-je répété.

— Enfin, c'est pas vraiment…

— Sans cervelle?

— Oui, mais il faut pas que…

— Je te crois pas.

— Ho! une minute! Tout ce que je…

— Je te crois tout simplement pas.

La voix de Joé a monté de plusieurs crans:

— Écoute, Steph. Essaye de voir les choses du point de vue de Misha. Des fois, tu es vraiment bizarre. Ton accoutrement en arrivant ici, ta chute de l'autre jour à la patinoire. En plein dans ses jambes, Steph. Sans parler de la chaussette porte-bonheur et de la terre…

— Ta terre à toi, je te signale.

— Mais c'est toi qui l'as lancée à la figure d'Olivier.

Lancée ? Qu'ajouter d'autre ?

Rien. Absolument rien.

Je me suis précipitée dans ma chambre en claquant la porte tellement fort que les murs ont vibré. Tant mieux ! Et si une de ces énormes toiles se décrochait et tombait en plein sur la caboche de Misha, tant mieux et encore tant mieux. Tant mieux aussi si ses stupides plantes carnivores finissaient par s'entre-dévorer et crever. Si sa foutue bagnole explosait et si trois mille policiers venaient le chercher et le traînaient par les pieds jusqu'en prison.

Sans cervelle…

Un coup bas, oui.

J'ai pris une décision sur-le-champ : rester cloîtrée dans ma chambre jusqu'à la fin de mon séjour à Winnipeg.

* * *

— As-tu faim, Steph ?

Bobbi passait la tête dans l'entrebâillement de la porte, un morceau de tarte au

citron à la main. Quand elle m'a vue recro-
quevillée dans mon lit, son expression a
changé du tout au tout.

— Quelque chose ne va pas?

Ça, c'est une vraie mamie. Comme on en
trouve dans les livres d'enfants. Mais comment lui dire? Comment lui dire que son fils
n'était pas seulement un dangereux criminel,
mais aussi un sans-cœur?

J'ai pris le morceau de tarte en soupirant.

— Ça va.

— Ah bon, tant mieux. Parce que c'est le
temps de t'habiller chic. On va chez Fern et
Bob, ce soir. C'est la veille du jour de l'An,
l'avais-tu oublié?

Complètement.

S'il y avait une chose que j'aurais voulu
éviter ce soir-là, c'était bien de me retrouver
avec la famille de Joé. Mais je n'avais pas le
choix. Une chose était sûre, cependant : pas
question de m'habiller. Je me suis levée, j'ai
mis mon plus vieux jeans et mon plus vieux
pull, celui avec la tache de jus de raisin en
plein sur le devant.

Personne n'a rien remarqué, rien dit non
plus — tout le monde s'en fichait éperdument. Misha ne m'a même pas jeté un regard.
Joé m'a souri bêtement, comme s'il était

content de me voir.

J'ai fait l'huître toute la soirée. Mutisme quasi total, à la limite de la politesse. On a joué à toutes sortes de jeux, on a fait des charades. Au menu : rouleaux farcis, crevettes grillées, minipizzas et quiches. Un peu avant minuit, on était tous rivés au téléviseur pour le spectacle du jour de l'An. Le décompte commençait : dix, neuf, huit…

Mais là, j'ai démissionné. Embrasser Misha ? Ce rat ? Jamais ! L'autre rat non plus, d'ailleurs. Je me suis cachée dans la salle de bains pendant que tout le monde entonnait une chanson idiote où il était question de retrouvailles. Moi, je n'avais qu'une envie : quitter le rat Joé au plus vite et l'oublier à tout jamais.

Le jour de l'An a été une copie conforme de la veille : encore plus de parents, encore plus de bouffe, plus de cris, plus de tout. La fête, quoi ! Cette fois, je me suis réfugiée dans le boudoir de tante Lulu et je me suis absorbée dans la lecture d'un vieux magazine.

— Steph ?

C'était le deuxième rat.

— Je suis occupée, tu vois pas ?

Joé a regardé le nom du magazine :

— Depuis quand tu t'intéresses au

hockey?

Je l'ai foudroyé du regard. Il m'a souri en retour. Pas facile de démonter un rat.

— Écoute, Steph, je pense que j'ai réussi à convaincre Misha pour notre plan. Ça n'a pas été facile, je t'assure. Il a commencé par le trouver... euh... stupide. Alors je lui ai demandé s'il avait une meilleure idée et, bien sûr, il en avait pas. J'ai cru bon de lui rappeler toutes les énigmes que j'avais, euh... qu'on avait résolues, toi et moi. Puis je lui ai dit que le pire qui pouvait arriver, c'est que ça marche pas. Il a fini par accepter. Il marche, Steph, il accepte notre plan.

— Notre?

— Oh, arrete, veux-tu? Ton plan, mon plan, quelle importance? Ce qui compte, c'est qu'il fonctionne. Tu es dans le coup, oui ou non?

— Je vais y réfléchir. Quand j'en aurai terminé avec le magazine.

Il a quitté la pièce et je me suis replongée dans le magazine. Ça discutait fort dans ma tête.

Première voix: Pourquoi venir en aide à quelqu'un qui t'a traitée de « pauvre cloche »?

Deuxième voix: Oublie Misha. Ton plan est superbon. Si tu dis non, il se réalisera sans toi et tout le mérite ira aux autres.

Première voix: Le mérite! C'est pas toi qui vas l'avoir de toute façon.

Deuxième voix: On s'en fout du mérite! Tu vas quand même pas passer le reste de tes vacances le nez plongé dans un vieux magazine de hockey!

La première voix n'avait pas la moindre chance de l'emporter. Moi, laisser un de ces damnés Kulniki exécuter mon plan?

J'ai rejoint Joé près du buffet.

— J'accepte, ai-je dit. Voilà ce qu'on va faire…

* * *

Le plan était encore plus simple qu'on ne l'avait imaginé. Il n'y avait qu'une personne à appeler: Muffy, la secrétaire du club. Le reste se ferait tout seul. Joé et moi, on écoutait la conversation sur une autre ligne. Je dois admettre que Misha s'en tirait drôlement bien. À sa façon de décrire les plantes comme si elles existaient vraiment, il aurait convaincu n'importe qui. Il a dit à Muffy qu'il avait commandé les plantes par l'entremise de sa mère, mais que la livraison avait été devancée. Peut-être qu'ainsi l'exposition pourrait avoir lieu.

Égale à elle-même, Muffy s'est répandue en exclamations:

— Oh, mon doux! Pourquoi pas? Je préviens tout de suite les autres membres du club, ils vont être tellement contents. Quelle nouvelle! Seigneur! Je n'en reviens tout simplement pas. Quand je pense que...

Le téléphone n'a pas dû dérougir parce que, dans l'heure suivante, Lester et Veda téléphonaient à leur tour. Lester voulait tout savoir sur les plantes — l'espèce, la taille, la couleur. Veda était hors d'elle-même et traitait Misha de *minus habens* en l'accusant de vouloir prendre sa place.

— Mais il ne s'en tirera pas comme ça, hurlait-elle à l'autre bout du fil, pas tant que je serai présidente.

Elle nous a raccroché la ligne au nez.

Quant à Olivier, le problème s'est réglé tout seul. Quand il a téléphoné, Misha était sous la douche.

— Qu'est-ce que je lui dis? a demandé Joé, la main plaquée sur le combiné.

— Que Misha est parti, lui ai-je soufflé à l'oreille. Parti prendre livraison d'une importante cargaison de plantes rares.

Aussitôt dit, aussitôt fait. Olivier a marché. Parfait.

Il n'y avait qu'une ombre au tableau : Bobbi. Elle nous avait demandé de collaborer. Mais je ne suis pas sûre que mettre le bordel dans sa serre correspondait exactement au genre de collaboration escomptée. Mais il fallait le tendre, ce fichu piège. Joé est parti lui annoncer la nouvelle.

— Dis-lui de pas s'inquiéter, ai-je dit. Dis-lui que ce sera un tout petit bordel, d'accord ?

— Elle est clouée au lit par un mal de tête carabiné, a-t-il déclaré en revenant. Elle a l'air mal en point, Steph. Impossible de lui parler.

Dans ce cas, il ne restait que nous trois : Misha, Joé et moi.

Nous trois et…

… le piège.

Chapitre

10

Croyez-le ou non, à deux heures du matin, une simple serre peut devenir un endroit parfaitement lugubre. D'abord, il y règne un silence absolu, si j'excepte évidemment le sifflement de la chaudière et le bruissement des feuilles soulevées par l'air chaud. Ensuite, il y fait noir, très noir. Mais un noir ponctué de zones encore plus noires qui n'aspirent qu'à vous aspirer. De vrais trous noirs, comme dans l'espace. Sans parler de l'humidité, qui vous colle à la peau comme un vêtement. Et ça pousse là-dedans, vous n'avez pas idée. L'ennui, c'est qu'après un certain temps, vous avez la très nette impression que ça pousse, mais dans votre direction, que des millions de vrilles, de racines aériennes et autres protubérances rampent vers vous et vous enserrent…

Heureusement qu'il n'y avait pas de plantes carnivores dans la serre. On a beau ne pas y croire, vous savez ce que c'est…

Joé et moi étions donc dans le noir, accroupis sous une petite table de bois.

Et on attendait.

Depuis au moins trois heures.

Dans ma main droite, une lampe de poche; dans la gauche, un émetteur-récepteur. Son frère jumeau était dans la main de Misha, installé au salon, bien au chaud.

Tout avait été soigneusement planifié: dès que le voleur montrait le bout de son nez, on avertissait Misha, qui téléphonait aussitôt à la police, qui s'amenait en quatrième vitesse et arrêtait le voleur bêtement tombé dans le piège.

Et quel piège! J'arrivais à le voir, malgré l'obscurité: une belle tache sombre, étalée plus loin. Il en avait fallu des ingrédients pour lui donner la consistance désirée. Toutes les armoires de Bobbi avaient été passées au crible: miel, colle, mélasse, mastic, sirop de maïs, adhésif pour carreaux de céramique, goudron... La flaque devant la porte, à moins de deux mètres de l'endroit où on se tenait, était du plus bel effet. Beaucoup plus grande que prévu, aussi. Mais il fallait que ça colle, oui ou non? Et ça collait, je peux vous l'assurer. Joé et moi, on y avait trempé le bout des doigts: après dix minutes de lavage intensif, ils étaient toujours collants.

Misha avait éclaté de rire en voyant le piège. Un rire amical, du moins m'a-t-il semblé. « Aussi collant qu'un droséra, avait-il dit. Mais toute la colle du monde ne suffirait pas à retenir un homme, pas vrai ? » On avait beau lui montrer nos doigts collants et tachés d'orange, il restait sceptique. La seule façon de le convaincre aurait été de tester le piège, mais il aurait été pour le moins surprenant que l'un de nous se propose comme volontaire.

La distribution des rôles nous avait pris pas mal de temps. Qui ferait le guet dans la serre, qui resterait à la maison ? Misha voulait à tout prix être dans la serre. Pourquoi, pensez-vous ? Parce qu'il était l'aîné et — je vous le donne en mille — un homme. L'ennui, c'est que moi aussi, je voulais être dans la serre. Après tout, c'était mon plan. Là, on a failli le perdre, Misha, mais il était trop tard pour reculer. Joé s'est charitablement offert pour attendre dans la maison, mais la perspective d'un face à face Steph-Misha d'une durée indéterminée, dans une serre sombre et sinistre, ne souriait à personne. C'est ce qui a convaincu Misha, je crois. Les « rapports de franche amitié » entre lui et moi, ce n'était pas pour demain. Et de toute façon, comme il l'a si bien dit lui-même, le plan ne fonctionnerait pas ; alors, aussi bien attendre au chaud, dans un endroit confortable.

Parce qu'en fait de confort, il y avait mieux que la serre, croyez-moi. Le béton était dur, humide et froid. J'en arrivais même à regretter ma décision. J'avais beau me démener pour trouver une position plus confortable, rien n'y faisait. J'avais les membres ankylosés, les doigts complètement engourdis.

— Joé? Tu dors?

Pas de réponse.

Zut!

— Réveille-toi, Joé!

— Hein?

Raclements de gorge, reniflements.

— Qu'est-ce qui se passe?

— Rien. Mais garde les yeux ouverts, bon sang!

Silence.

— Steph, ça fait des jours que je dors pas. À cause des maudites plantes. On pourrait peut-être se relayer, non? Tu fais le guet et moi, je dors. Ensuite, c'est ton tour.

Soupir.

Comment lui avouer que j'avais peur de veiller toute seule? J'entendais déjà Misha: «Je vous l'avais bien dit que ça prenait des gars dans la serre.»

— D'accord, ai-je dit. À trois heures, je te réveille. Avant, si j'ai un problème.

Grognements indistincts, puis ronflement continu, régulier. J'étais seule, de nouveau.

La maison de Bobbi, je l'ai dit, est située en banlieue, dans une région désespérément plate. Y donne accès une route secondaire que se partagent une poignée de maisons : celle de Bobbi, celle d'Olivier et quelques autres. Inutile de préciser que la circulation y est rare. Quand une voiture s'aventure dans le coin, on en aperçoit les phares de très loin. Donc, tant qu'on garderait les yeux ouverts, il y avait peu de risques qu'une voiture arrive sans qu'on la voie.

Restaient les piétons, bien sûr. Olivier, en l'occurrence ; mais lui aussi, on le verrait venir : le projecteur placé sous l'auvent éclairait très bien l'entrée de la serre. Rester en alerte, donc. Ne pas dormir, surtout ne pas dormir…

Je n'ai pas dormi, ça, j'en suis sûre. Somnolé peut-être, mais dormi, jamais. Pour une raison bien simple d'ailleurs : chaque fois que mon menton tombait sur ma poitrine, je me réveillais en sursaut, me redressais, clignais des yeux des tonnes de fois. Mais les paupières sont beaucoup plus lourdes qu'on ne le pense. Les miennes tombaient de plus en plus et peut-être que…

Tout à coup, j'ai sursauté : un bruit de moteur, au loin. Pas celui d'une voiture. Trop aigu. Mais j'avais déjà entendu ce bruit.

Plusieurs fois, à Vancouver. Durant l'été. Une tondeuse à gazon ?

Une tondeuse ? En plein hiver ? Bon, d'accord, j'aurais dû piger tout de suite. Mais j'étais encore trop engourdie, sans doute. J'ai jeté un bref coup d'œil à ma montre : il était temps de réveiller Joé. Enfin, presque temps. Dans un quart d'heure, ce serait à lui de prendre la relève, d'identifier ce bruit là-bas qui approchait, qui approchait… En attendant, je pouvais peut-être refermer les yeux moi aussi, une seconde seulement, laisser tomber ces fichues paupières qui devenaient tellement lourdes…

Quand j'ai ouvert les yeux, le paysage avait quelque chose de changé. Avez-vous déjà eu la sensation bizarre d'être observé ? Par quelqu'un que vous ne voyez pas ? J'ai dégluti péniblement — ma bouche était aussi sèche que du papier buvard — et mon cœur s'est mis à battre la chamade. À un certain moment, il s'est arrêté. Complètement, totalement. Quand j'ai entendu le bruit.

Chhh.

Sssss.

Bon. D'accord. Chhh, c'était la chaudière. Sssss, c'étaient les gicleurs automatiques. J'ai ouvert la bouche pour avaler un peu d'air. J'ai entendu un autre bruit, une espèce de gargouillement. Là, à mes pieds. Mon corps s'est tendu comme un arc.

Le gargouillement s'est amplifié, bientôt remplacé par un reniflement... et par un ronflement.

Joé.

J'ai poussé un immense soupir de soulagement. C'est fou les idées qui vous traversent l'esprit quand il fait noir. «Du calme, Steph. Tu es une détective, rappelle-toi. Et les détectives ont des nerfs d'acier. » Coup d'œil vers la porte. Toujours fermée. Et la flaque? Toujours là, elle aussi, inchangée. J'ai tendu l'oreille. Rien. Chhh et sssss, rien d'autre. J'ai respiré à fond.

Je me sentais mieux.

Quelle idée de rester sans bouger des heures entières! Je me suis étirée du mieux que j'ai pu. Les bras. Les jambes. Ma main a frôlé quelque chose. De la laine. Nouveau sursaut. «C'est le chandail de Joé, Steph, rien que le chandail de Joé. »

Sapristi! J'étais en train de devenir

complètement maboule.

Je me suis étirée encore une fois. Ma main a frôlé autre chose.

Autre chose.

Quoi, au juste ?

Un visage !

— AHHHH!

Ça m'a pris au moins dix secondes avant de comprendre d'où venait le hurlement. Il sortait de ma bouche… Prise de panique, j'ai quitté mon refuge et je me suis mise à ramper dans la serre. Bang! Ma tête contre le pied de la table. L'air chaud dans mon oreille. Aïe! Sous mon genou droit, un objet dur : le walkie-talkie. J'ai tâté les boutons à l'aveuglette.

— À L'AIDE! ai-je hurlé.

BADABOUM! Quelque chose est tombé par terre.

— AHHHH!

Pas moi cette fois.

Bruit sourd, suivi d'un ouf. Une espèce de jappement, un bang, puis un autre bruit sourd.

Ma main a dû toucher le bouton du récepteur, car j'ai entendu Misha :

— Qu'est-ce qui se passe, les gars? Êtes-vous…

Avais-je touché un autre bouton? La voix s'est éteinte. La lampe de poche… où était-elle passée? Ma main a fouillé partout: flaque d'eau, pied de table — encore un autre! J'ai écrasé tous les boutons du walkie-talkie:

— À L'AIDE, MISHA! APPELLE LA POLICE!

Friture. Gémissements. Une voix dans le noir:

— Steeeeeph?

Les lumières se sont allumées d'un seul coup, aveuglantes. Tout près, un halètement: j'ai levé les yeux. Misha et Bobbi étaient à la porte. Bobbi avait jeté un blouson rouge sur son pyjama de flanelle bleu. Les yeux sortis de la tête, elle contemplait le sol, stupéfaite.

Dans tout ce désordre, une bonne nouvelle: le piège avait parfaitement fonctionné.

Une mauvaise nouvelle, toutefois: ce n'était pas la bonne personne qui y était engluée.

Tel un misérable insecte, Joé se débattait au milieu de la flaque de colle, les jambes et les bras soudés au sol. Il en avait partout. Sa figure, ses cheveux étaient barbouillés d'orange. Il a essayé de lever la main droite, en pure perte : un long filet de colle l'a aussitôt ramenée au sol.

— Joé ! Qu'est-ce qui s'est passé ? a demandé Misha.

Joé a secoué la tête, hébété.

— Je… j'étais au Madison Square Garden, je jouais contre les Rangers de New York. J'allais compter un but quand la sirène a retenti en plein dans mon oreille.

— C'était pas la sirène, idiot, c'était moi, ai-je dit. Tu dormais, Joé.

— En tout cas, j'étais sur la glace et…

Il a aperçu la flaque de colle et a haussé les épaules.

Bobbi allait ouvrir la bouche quand on a entendu la vraie sirène. Une voiture de police a tourné dans l'allée. Une seconde plus tard, deux policiers faisaient irruption à toute vitesse dans la serre, en fonçant tout droit sur Bobbi. Excuses, salutations. Le policier à lunettes a aperçu Misha :

— Encore vous !

À ce moment-là, les choses se sont vraiment gâtées. Le policier a demandé qui avait téléphoné. Misha a avoué, a essayé d'expliquer. Mais, même à moi, les raisons paraissaient totalement stupides. Tout ce que les policiers en ont retenu, c'est qu'on les avait dérangés pour rien. C'était une infraction, disaient-ils. De plus, c'était gauche et stupide, surtout dans la position de Misha. Misha secouait la tête, penaud.

J'ai essayé d'intervenir en leur parlant du visage que ma main avait frôlé dans le noir, mais Bobbi a secoué la tête :

— C'était sûrement un cauchemar, Steph. Tu devais dormir.

— Non !

— Alors ce devait être Joé. Il était assis à côté de toi, non ?

— Pas à côté, à mes pieds. Le visage était à ma droite.

En entendant son nom, Joé a commencé à s'agiter dans son bain de colle. On s'est tous précipités pour lui venir en aide. Les problèmes qu'on a eus ! Collant des pieds à la tête. Dix minutes plus tard, on l'était tout autant que lui.

Les policiers prenaient bien mal la chose.

— Qu'est-ce que c'est que cette mixture ? a demandé Bobbi en reniflant sa main orange.

J'ai énuméré les ingrédients en bafouillant.

— Du goudron ? s'est-elle exclamée, les yeux agrandis par l'horreur. Avec du sirop de maïs ?

Elle est restée sans voix. Pâle et défaite, elle a poussé Joé dehors. Direction : douche. Misha s'est laissé tomber sur une chaise en fermant les yeux.

Je me retrouvais face à face avec les policiers ; à moi incombait la tâche d'expliquer mon plan, tellement ingénieux ! Mais sous la lumière des projecteurs qui inondait la serre, en face de deux énormes types qui me dévisageaient en silence du haut de leur uniforme, il m'a soudain paru un peu moins ingénieux. Ils m'ont écoutée — du moins jusqu'à ce que je mentionne la tondeuse.

— Je vois, a soupiré le policier à moustache. J'en ai assez entendu pour aujourd'hui.

L'autre a ôté ses lunettes et s'est frotté les yeux.

— Écoutez, jeune fille. Je ne sais pas comment les choses se passent chez vous, à Vancouver, mais par ici, on ne tond pas la pelouse au mois de janvier.

— Bien sûr, monsieur, ai-je dit précipitamment.

Zut ! Quelle idée aussi de mentionner la tondeuse !

Un long sermon a suivi, qui s'adressait autant à moi qu'à Misha : sur la responsabilisation des citoyens, sur les coûts que de telles fantaisies entraînaient pour les contribuables, et autres remontrances du genre. J'écoutais à peine. Au moment de partir, le policier à lunettes a pointé un doigt vers Misha :

— On se voit demain, sans faute.

Misha est devenu tout rouge. Il a hoché la tête, les yeux rivés au sol.

Les policiers partis, j'ai osé regarder Misha. Pétrifié.

— Euh… Misha… Je suis… vraiment désolée.

Aucun mouvement.

— J'ai bien peur d'avoir empiré les choses. Pour toi, en tout cas.

J'attendais une réponse, une réaction du genre : « Pas grave. T'en fais pas pour si peu. »

Mais non. Rien.

— Misha, je… euh…

Il a levé les yeux vers moi. Un regard détaché, celui qu'il aurait eu en voyant son chien accourir.

— Oublie ça, Steph. Va dormir, O.K. ?

J'ai pris un temps fou à mettre mon blouson et mes bottes, au cas où il changerait d'idée et aurait envie de parler.

Mais non.

Bobbi faisait un shampooing à Joé. Il était

courbé au-dessus du lavabo et hurlait de douleur.

— Choisis. On enlève la colle ou on te rase la tête.

J'ai mis le cap sur ma chambre, la mort dans l'âme. Aussi bien l'avouer franchement : mon superplan avait viré au cauchemar. Un désastre ! Un vrai film d'horreur ! Tout ce que je voulais, c'était venir en aide à Misha, mais je n'avais réussi qu'à empirer les choses. Demain, à midi au plus tard, Misha serait sous les verrous et Joé serait chauve, ou peu s'en faut. Tout ça pour quoi ?

Pour rien du tout.

Pour un visage, un visage mystérieux qu'il me semblait avoir frôlé au beau milieu de la nuit.

Misha avait raison.

J'étais une cloche. Une pauvre cloche !

Il n'y a rien de pire que de se réveiller le matin avec un sentiment d'échec. Ma mémoire embrouillée m'a laissé un répit d'à peine deux secondes, et puis je me suis tout à coup souvenu. J'ai rabattu la couverture sur ma tête, avec l'espoir de me perdre dans le sommeil jusqu'au dimanche suivant, jour du départ.

Mais non. Il a fallu qu'une voix me tire de mon engourdissement.

— Steph! Réveille-toi!

Celle de Joé, évidemment.

J'ai repensé à la colle, au shampooing...

— Joé?

— Ouais?

— Tes cheveux, ils sont toujours là?

Silence.

— Évidemment qu'ils sont là. Bon, grouille-toi. On est réquisitionnés pour nettoyer la serre.

La serre. Évidemment. La serre toute gluante de colle. Tout compte fait, il valait peut-être mieux dormir jusqu'à la fin des temps.

— Steeeeeph! Grouille-toi!

Vous vous rappelez ces vieux films où des prisonniers condamnés aux travaux forcés se baladent avec un boulet au pied? Eh bien, c'est à eux qu'on ressemblait, Joé et moi. On s'est rendus à la serre, armés jusqu'aux dents de grattoirs et de spatules, et on a frotté pendant deux heures. Bobbi nous avait donné des gants de caoutchouc, mais ils étaient inutiles : les doigts collaient ensemble. C'est donc à mains nues qu'on s'est tapé tout le travail — je vous laisse imaginer leur état après seulement dix minutes. Joé ne supportait tout simplement pas. Toutes les deux minutes, il se lavait les mains. La colle s'en allait mais pas la couleur. Orange...

— Où est passé Misha? ai-je demandé au bout d'une heure. Comment ça se fait qu'il est pas là pour nous donner un coup de main?

— Il est au poste de police, pour expliquer ce qui s'est passé.

— Ah oui! c'est vrai!

J'ai redoublé d'ardeur.

Les chiffons et les vieux journaux ont

succédé aux grattoirs. On a inondé le plancher du savon liquide que Bobbi nous avait donné.

— Pas mal, a-t-elle dit en entrant dans la serre. N'oubliez pas les empreintes de pas derrière la table là-bas. Franchement, Joé, quelle idée d'avoir…

— T'inquiète pas, Bobbi, l'a interrompue Joé. Quand on va partir d'ici, le plancher va briller comme un miroir.

Comme un miroir? Je lui ai donné un coup de coude discret. Faire briller n'importe quoi relève pour moi du tour de force. Et puis, on manquait de chiffons, ce qui fait qu'on n'arrêtait pas de les nettoyer et de les rincer.

— La figure… tu l'as réellement vue ou tu as rêvé, comme moi? a demandé Joé à brûle-pourpoint.

J'ai fait une pause. La question méritait réflexion.

— Elle était bien là, Joé. J'en suis sûre à 95 %. Tu vois, si je tends la main, comme ça, je la sens encore…

J'ai tendu la main. Orange. J'ai frissonné malgré moi.

Joé aussi.

— Mais quel genre de figure c'était?

Quel genre ?

— Elle avait une bouche, un nez, de la peau...

— Mais la peau, elle était douce ? Rugueuse ?

— J'ai pris le temps de vérifier, tu penses ?

— Je me demandais seulement si c'était un homme ou une femme. En général, les hommes ont la peau plus rugueuse, à cause du rasage.

— Oh !

Pas mal, Joé. Pas mal mieux que moi, en tout cas. Bon sang ! Est-ce que j'étais en train de perdre la main ?

J'ai fermé les yeux en essayant de me rappeler. La peau était tiède, un peu moite, me semblait-il.

Moite ?

— Euh... j'ai bien peur d'être montée trop haut, Joé. Je crois que j'ai touché les yeux, pas la peau. En fait, j'ai dû lui mettre le doigt en plein dans l'œil.

Joé a grimacé.

— Mais ce que j'arrive pas à comprendre, c'est comment le voleur a fait pour éviter le piège. Il était juste devant la porte.

— Je comprends pas non plus, a dit Joé

pensivement. À moins que… il l'a peut-être pas évité, le piège. Il a peut-être mis un pied dedans et a fait marche arrière ensuite, quand il a compris ce qui se passait.

— Dans ce cas, il y aurait au moins une trace de pas.

On s'est regardés.

— DES TRACES DE PAS ! avons-nous crié à l'unisson.

On s'est précipités vers la table près de laquelle Bobbi nous avait demandé de passer le chiffon, pas plus tard que tout à l'heure. Il y avait effectivement des traces de pas ; elles partaient de l'ancienne flaque de colle et allaient jusqu'à la table sous laquelle Joé et moi étions accroupis la veille. Des marques à peine visibles — seule une grand-mère, une mère à la rigueur, aurait pu les remarquer. Brun-orange, elles pâlissaient au fur et à mesure qu'elles s'éloignaient de la flaque, puis finissaient par se confondre avec la poussière du plancher de béton. Mais elles étaient toutes identiques. Elles provenaient d'une semelle, mais pas n'importe laquelle : une semelle de botte. Et pas n'importe quelle botte : la droite.

— Es-tu bien sûr que ce ne sont pas tes empreintes ? ai-je demandé à Joé.

— Absolument sûr, Steph. Tu étais là, rappelle-toi. J'avais pas sitôt réussi à m'extirper de cette fichue colle que Bobbi me poussait dans la salle de bains.

Alors, à qui pouvaient-elles appartenir? À l'un des policiers peut-être? À moi? À Misha? J'avais beau me creuser la cervelle, il me semblait qu'on était tous restés près de la porte. Ces empreintes étaient donc celles du voleur. Et ce voleur, ou cette voleuse, avait bel et bien mis un pied dans la flaque de colle.

Tout à coup, j'ai senti l'excitation monter. On avait un indice, enfin! Et à moins que je ne me trompe, ces empreintes étaient la clé du mystère.

— Ces empreintes-là, Joé, tu sais ce qu'elles représentent? Une preuve! Si on arrive à trouver de quelles bottes elles proviennent, on le tient, notre voleur.

— Wow! s'est exclamé Joé. Une preuve! Enfin quelque chose à montrer à la police. Super, Steph!

On s'est collé le nez au sol pour mieux les voir.

— On devrait prendre une loupe, ai-je suggéré.

— Ouais!

Joé a sauté dans ses bottes et s'est précipité dehors en boutonnant sa veste. Deux minutes plus tard, il était de retour, le sourire aux lèvres et les joues roses, une loupe et une lampe de poche dans les mains.

— Hé, Steph…

On examinait les empreintes, lui avec la lampe de poche, moi avec la loupe.

— … c'est la vraie vie, non?

— La vraie vie?

— La vraie vie d'un détective. Enquêter, c'est ça, non?

— Comment « c'est ça »? On a enquêté des tonnes de fois.

— Oui, mais jamais avec une loupe, a murmuré Joé, ravi. Tandis que maintenant, wow! c'est vraiment comme dans les livres de Sherlock Holmes.

— Ouais… enfin, si on veut. Au travail, Sherlock. Regarde-moi celle-là. Le contour est très net. Les marques laissées par la semelle aussi. En bordure, il y a des lignes et au centre, des cercles.

— Ouais. Wow! C'est super.

— Joé?

— Oui?

— Tu veux me faire plaisir? Arrête de

dire « wow ! » à tout bout de champ, d'accord ?

— Euh… ah oui. Mais… wow ! Je voulais pas…

— Joé !

— D'accord, d'accord.

Partout les mêmes dessins : des lignes au bord de la semelle, des cercles au milieu. J'ai placé mon pied droit sur l'une des empreintes.

— Qu'est-ce que tu fais là ?

— Je vérifie la pointure.

— C'est grand. Sûrement un homme.

L'empreinte dépassait largement ma semelle et, soit dit en passant, je n'ai pas ce qu'on pourrait appeler « le pied menu ».

— Ou une femme aux grands pieds, ai-je cru bon d'ajouter.

Puis une idée m'est venue :

— As-tu déjà remarqué les pieds d'Olivier ?

Joé a secoué la tête :

— Pourquoi veux-tu que je m'intéresse aux pieds des gars ?

Une image s'est imposée à moi, déjà floue : Olivier à la cafétéria du jardin botanique, affalé sur une chaise en plastique, ses longues jambes et ses pieds posés sur une autre chaise. Il portait des bottes brunes, si je me souviens bien. En cuir. Lacées jusqu'à la cheville, assez élégantes, d'ailleurs, comme à peu près tout ce qu'il portait. Mais la pointure? La semelle? Je n'avais pas remarqué.

— On retourne chez Olivier, ai-je annoncé. Et cette fois, on examine les bottes en priorité.

On a mis nos vestes en vitesse et on a couru jusqu'à la maison pour prévenir Bobbi. Bruits de voix dans la cuisine. L'une d'elles était celle de Bobbi, mais l'autre?

Veda Bickel.

Elles étaient toutes deux attablées devant une tasse de café. Veda portait d'énormes verres fumés, un pull bleu très ample et des collants noirs qui lui faisaient paraître les jambes démesurément longues. Mais le plus surprenant, elle souriait.

— Déjà terminé, les amis? a fait Bobbi. Entrez et faites-vous un sandwich, vous devez mourir de faim. Vous connaissez Veda? Ah oui! bien sûr, vous étiez à la dernière réunion! Désolée, Veda, vous disiez?

— Qu'est-ce qu'elle fabrique ici, celle-là? m'a soufflé Joé.

Un doigt sur les lèvres, je suis entrée et je me suis dirigée vers le comptoir où Bobbi avait laissé tout ce qu'il fallait pour le dîner. Joé m'a suivie et on a fait semblant de s'absorber dans la confection de nos sandwichs. Mais on était tout ouïe ; moi en tout cas, j'avais des antennes à la place des oreilles, car la voix de Veda n'était plus qu'un murmure.

— … me sens vraiment mal à l'aise à cause de la façon dont j'ai traité Misha l'autre jour. Certains membres m'ont fait remarquer qu'on n'avait encore aucune preuve de quoi que ce soit. Ils ont raison, bien sûr. Jusqu'à preuve du contraire, Misha est innocent. Je n'ai pas été très correcte avec lui et je dois vous avouer que je…

Regard en coulisse dans notre direction.

— … que je ne suis pas très à l'aise avec les jeunes.

— Je comprends, a fait Bobbi en hochant la tête.

— Mais je ne suis pas un monstre, je vous assure, et je ne voudrais surtout pas qu'on pense que je m'acharne sur ce pauvre garçon.

— Bien sûr que non.

— Alors voilà : j'étais tout près de chez vous, j'avais un ami à voir et…

Et ? Et quoi ?

Mais Veda s'est détournée, sa voix a

baissé d'un ton et j'ai perdu le fil. J'ai attrapé une assiette, j'y ai déposé mon sandwich et je me suis installée à côté de Bobbi.

— … n'était pas là, alors j'ai pensé venir vous voir.

— C'est très gentil à vous, a dit Bobbi d'une voix douce. Soyez sûre que j'apprécie vraiment ce… Euh, Steph?

J'ai levé les yeux :

— Oui?

— Veux-tu bien me dire ce que tu as mis dans ton sandwich?

Ah oui! au fait, qu'est-ce que j'avais mis dans mon sandwich? Je n'en avais pas la moindre idée. C'était sombre et granuleux. J'ai soulevé la tranche du dessus. Regards déconcertés de Veda et de Bobbi.

Génial. Des grains de café moulus.

Trouve quelque chose, Steph. Et en vitesse!

— Trop grande, ai-je dit le plus naturellement du monde. Je grandis vraiment trop vite et j'ai entendu dire que le café ralentissait la croissance.

Silence. Bobbi contemplait mon sandwich d'un œil scandalisé.

Sapristi! Attendez que Misha l'entende, celle-là.

— Je suis vraiment ravie de… euh… de vous avoir parlé…, a dit Veda en se levant, l'œil rivé sur le sandwich.

Bobbi s'est levée elle aussi.

— … et, si vous avez le temps bien sûr, j'aimerais beaucoup voir les fameuses plantes de Misha.

— Les plantes? a fait Bobbi, surprise.

Oh, oh!

— Les plantes de Misha, oui. Celles qu'on vient de lui livrer, a précisé Veda. Muffy était tout excitée quand elle m'en a parlé. Des spécimens tout à fait intéressants, paraît-il.

Bobbi a poussé un soupir qui a dû s'entendre jusqu'à Vancouver:

— Joé? Steph? Vous avez quelque chose à nous dire là-dessus?

J'ai pensé au dicton: «Tel est pris qui croyait prendre.» On a baragouiné de pauvres explications aussi emmêlées que les fils de la toile qu'on avait tissée. Je repensais à Misha. Qui passerait pour un menteur. Encore et toujours. Par ma faute. Encore et toujours!

— Je ferais mieux de partir, a fini par dire Veda, visiblement perdue.

Bobbi l'a accompagnée jusqu'au vestibule.

Joé s'est rué sur moi :

— Tu as vu ?

— Vu quoi ?

J'étais bien trop préoccupée pour avoir vu quoi que ce soit.

— Les pieds de Veda. Énormes ! Deux fois plus grands que les tiens ou les miens.

Soupir d'exaspération. Cette manie de sauter si vite aux conclusions.

— C'est pas parce que quelqu'un a des grands pieds qu'il est voleur.

— Ah non ? Et ses lunettes ?

Ses lunettes ? Là, j'y voyais encore moins clair.

— Rappelle-toi ce que tu m'as dit tout à l'heure : tu lui as mis le doigt dans l'œil, au voleur. Si c'est vrai, il doit avoir l'œil rouge ou sérieusement amoché à l'heure qu'il est. Et qu'est-ce qu'on fait quand on a les yeux rouges ou amochés ? On les cache. Derrière des lunettes noires.

Veda ? Dans la serre ? L'autre nuit ?

— Elle est en train de ficher le camp, avec ses bottes, Steph. Il faut la rattraper.

Je bougeais, ça c'est sûr ; en tout cas, je me déplaçais. Mais je ne marchais pas, non, c'est Joé qui me poussait en dehors de la cuisine.

— Un instant! ai-je dit en agrippant le cadre de la porte.

Mais il continuait à pousser. Je n'en revenais pas. C'était son idée à lui, ses soupçons à lui. Alors pourquoi me poussait-il, moi?

— Arrête! ai-je crié.

Il s'est arrêté tout net, surpris.

— Si elles t'intéressent autant que ça, les maudites bottes de Veda, pourquoi tu vas pas les examiner toi-même?

Joé a haussé les épaules:

— C'est pas ma spécialité, tu le sais bien.

— Quoi au juste? Qu'est-ce qui est pas ta spécialité? Les bottes ou passer pour un idiot?

— Steph, voyons…

— Pourquoi c'est toujours à moi de passer pour une idiote? De mettre tout le monde dans le pétrin, de…

Bang!

La porte de devant s'est refermée d'un coup sec. On s'est rués dehors, juste à temps pour apercevoir la voiture de Veda qui démarrait.

— C'est gentil à elle d'être passée, a dit Bobbi en lui envoyant la main. Bon, à table, vous deux. On pourrait peut-être se préparer quelque chose de plus nourrissant qu'un sandwich au café. Un sandwich au thon, par exemple.

On est retournés à la cuisine.

— On l'a perdue, Steph, m'a soufflé Joé.

Mais à son ton, j'étais sûre qu'il pensait : « Tu l'as perdue, Steph. »

Protester ? Me disputer avec lui ?

Pas question. Les cloches protestent. Pas moi.

— T'inquiète pas, ai-je dit. Veda n'est pas notre suspecte numéro un. En attendant, on a quelque chose de pas mal plus important à se mettre sous la dent.

— Des sandwichs au thon, tu veux dire ? a demandé Joé.

Des fois, je me demande vraiment comment il se fait qu'on est associés, lui et moi.

— Oh ! a-t-il ajouté après un moment. Olivier, tu veux dire ?

J'ai hoché la tête :

— Olivier, oui. Il est grand temps qu'on lui examine les pieds, à celui-là !

Chapitre

13

— Olivier est pas là, a dit Mary Beth en ouvrant la porte. Mais il doit revenir bientôt.

Elle a fait un pas en avant, a jeté un œil dehors et a frissonné. La neige s'était remise à tomber, en gros flocons blancs qui s'accrochaient aux cheveux, aux sourcils, aux cils...

— Vous voulez entrer? On pourrait continuer à chercher Sigmund.

— Pourquoi pas? ai-je dit. On est complètement gelés. On va attendre qu'Olivier revienne.

On s'est donc retrouvés une fois de plus dans cette maison, à chercher le même satané hamster qui avait sans doute rendu l'âme depuis un bon moment déjà. Il devenait de plus en plus difficile de faire semblant, et encore plus difficile de supporter la voix — douce et résignée — de Mary Beth.

— Je suis pourtant sûre qu'il est ici, quelque part.

— Dis quelque chose! m'a soufflé Joé.

— Lui dire quoi? ai-je soufflé en retour. Que son frère est un escroc? Que son hamster a été bouffé par une plante carnivore?

Tout à coup, j'ai arrêté de faire semblant; tout à coup, ce n'était plus le hamster que je cherchais, mais les bottes d'Olivier. Je suis allée tout droit au vestibule et j'ai mis la penderie sens dessus dessous. Tout ce que j'ai trouvé, c'est une paire de chaussures rouges. Mary Beth nous a gentiment informés qu'Olivier les portait pour jouer au basket-ball. Plausible. La pointure était la bonne et elles puaient au point de menacer d'asphyxie quiconque s'en approcherait de trop près. Voilà un exemple des inconvénients qui ponctuent le métier de détective. L'ennui, c'est qu'ils avaient une fâcheuse tendance à se multiplier dernièrement.

Joé a surgi derrière moi pour m'annoncer que la porte de la chambre d'Olivier était verrouillée. Bon. Il devait se méfier. On a donc continué à faire semblant de chercher pendant une interminable demi-heure, dans l'espoir qu'Olivier se montre. Mais non.

Mary Beth nous a reconduits à la porte, le menton tremblant, au bord des larmes.

— Je vais continuer les recherches, a-t-elle dit. Je suis sûre qu'il est encore dans la maison.

— Pauvre elle, a dit Joé sur le trajet du retour.

— Mets-toi à sa place. Comment est-ce qu'elle va expliquer cette histoire à l'école? Pense à la tête qu'ils vont faire, les enfants, quand ils vont connaître la triste fin de Sigmund.

Et nous? On n'en menait pas beaucoup plus large. Je repensais aux dernières vingt-quatre heures. Lamentables. D'abord, le dégât dans la serre. Ensuite, le sandwich au café…

Tout à coup, ça m'a frappée. C'était comme si j'avais reçu une boule de neige en pleine face. Je me suis arrêtée pile.

— Grouille-toi, Steph. J'ai pas envie de geler sur place.

— Joé! Te rappelles-tu ce que Veda a dit tout à l'heure? À propos du voisin à qui elle devait rendre visite tout près d'ici?

— Ah oui! le fameux voisin absent…

Ses yeux se sont ouverts tout grands et la consternation s'est peinte sur son visage.

— Oh non! Dis moi pas que le voisin en question, c'est… Olivier?

— Il habite tout près d'ici, en tout cas. Et il est pas chez lui.

— Ce qui voudrait dire, a dit Joé, incrédule, que Veda et Olivier seraient complices?

— Elle connaît les plantes et lui conduit Héloïse. Ça a l'air un peu bizarre de prime abord, mais…

J'ai jonglé un court instant avec l'idée.

Veda et Olivier complices?

— Ce serait pas la première fois qu'on aurait affaire à un drôle de duo, a fait remarquer Joé. En matière de crime, on en voit de toutes les couleurs.

Surtout dans un crime aussi bizarre que celui-là. Mais un bon détective devait être prêt à faire face à toutes les éventualités. L'expérience m'avait au moins appris cela.

On a continué à marcher.

— O.K. Admettons qu'ils soient complices, ai-je dit. Alors, qui était dans la serre la nuit dernière? Il y avait seulement une sorte d'empreinte, rappelle-toi.

— Je vois pas le rapport, a dit Joé. Ils peuvent très bien avoir été là tous les deux. Celui qui met le pied dans la colle prévient l'autre de pas faire la même gaffe. À moins que l'autre soit resté dehors, à faire le guet.

Possible. Tout était possible.

Une minute! Si Veda était dans la serre hier, pour quelle raison serait-elle venue voir

Bobbi aujourd'hui?

— Simple, a répondu Joé quand je lui ai posé la question. Elle est revenue sur les lieux du crime, voilà tout.

Revenir sur les lieux du crime... Ouais. Tout le monde en a entendu parler. Comme si tous les criminels étaient victimes de cette manie bizarre. Difficile à croire, non? Imaginez le voleur le lendemain du vol. Il est là, il s'active, se brosse les dents, mange ses céréales, pense à toutes sortes de choses, à ce qu'il va faire dans la journée, à ce qu'il va manger... Subitement, ses pieds se mettent à bouger — sans qu'il y soit pour quelque chose, remarquez. Ils se mettent à marcher et le conduisent tout naturellement... vers la scène du crime.

Très franchement, est-ce qu'une chose pareille avait pu arriver à Veda?

— Au moins, on a les empreintes, a dit Joé. Il suffit maintenant de trouver la botte qui leur correspond et le tour est joué.

— On brûle, Joé, je le sens.

Au moment où on mettait les pieds dans la maison, Bobbi nous a appelés du salon. Elle était affalée sur le canapé, visiblement crevée et de mauvaise humeur:

— Vous m'aviez promis de nettoyer la serre de fond en comble, les enfants.

Joé et moi, on s'est regardés.

— On l'a fait, a dit Joé. On a gratté le plancher et on l'a lavé. Hein, Steph?

— Vous avez gratté la flaque de colle, mais vous n'avez pas touché aux fichues traces de pas qu'il y avait un peu partout. Ça m'a pris une heure pour en venir à bout.

— QUOOOOI? ai-je hurlé.

— Bobbi! C'étaient les seules preuves que nous avions!

— Des preuves? a répété Bobbi. Très franchement, Joé, je n'en reviens pas. Vous me réveillez en plein milieu de la nuit, vous m'obligez à frotter tout l'après-midi...

— Désolé, Bobbi, mais tu comprends pas, a répliqué Joé en bégayant presque. Ces empreintes-là, on en avait besoin.

Bobbi a fermé les yeux en se massant le front.

— Bon, ça suffit, à présent. J'ai la tête qui éclate. Je vais aller m'étendre un peu et je ne veux pas être dérangée, compris?

Bobbi partie, on s'est affalés sur le canapé.

— C'est complet, ai-je dit. On se donne un mal fou pendant des jours sans le moindre résultat. On finit par trouver un indice, le seul jusqu'à présent, et il faut qu'une vieille maniaque de la propreté le fasse disparaître d'un coup de torchon!

— Bobbi est pas une vieille maniaque, a rectifié Joé. C'est pas de sa faute, c'est une grand-mère et toutes les grands-mères sont un peu maniaques de la propreté.

— Pas la mienne! Sa maison est un fouillis total. Tu sais quoi, Joé? La propreté, c'est une tare familiale.

— Ça a rien à voir! a crié Joé, insulté.

On s'est chamaillés un bon bout de temps. Une chicane stupide sur la propreté. Tout y est passé: nos familles, nos chambres, nos cheveux, nos écritures… jusqu'aux pelures de bananes.

— On est censés se passer la soie dentaire au moins deux fois par jour, pérorait toujours Joé. Et ça a rien à voir avec la propreté.

— Laisse tomber, d'accord?

Silence. Joé s'est emparé d'un coussin et s'est mis à le lancer en l'air.

— Steph? a-t-il dit en arrêtant de jongler. Il doit pourtant y en avoir d'autres, des empreintes. Dans la neige, par exemple, à l'extérieur de la serre?

J'ai secoué la tête:

— J'ai vérifié. La neige est toute tassée à cet endroit-là et… JOÉ!

Je me suis levée d'un bond.

— Quooooi?

— C'est vrai qu'il y en a, des empreintes. Dans la neige, à part ça. Mais pas ici.

— Où alors?

— Chez Muffy. Je les ai vues de son solarium, le jour de la réunion. Des empreintes très profondes. Celles du voleur, évidemment. Je les avais complètement oubliées, celles-là.

— Voyons, Steph. Elles sont trop vieilles, tes empreintes. Et en plus, il neige. On verra plus rien.

— Peut-être que oui, peut-être que non. Il y en avait jusque sous l'auvent. Le jour où on était là, il neigeait, non? Et les empreintes étaient encore visibles. Lester Potts a dit que c'était parce que le vent soufflait dans l'autre direction.

Joé a froncé les sourcils:

— Mais le vent d'aujourd'hui, il souffle dans quelle direction?

— Quel vent?

Il a pointé la fenêtre du doigt.

Dehors, la neige tourbillonnait en fines colonnes.

— Oh non! ai-je grogné.

Comme pour nous narguer, un coup de vent plus violent a soulevé une minitornade qui s'est abattue sur la fenêtre.

— Chez Muffy! me suis-je exclamée. Et en vitesse.

— On s'y rend comment? a demandé Joé. Et, de toute façon, à quoi ça servirait? La neige, c'est pas du ciment. Les empreintes vont être bien trop floues pour servir de preuves.

— Peut-être, mais on pourrait au moins aller vérifier leur longueur, leur forme, les marques de la semelle... Pour les comparer à celles de la serre.

Les yeux de Joé s'agrandissaient au fur et à mesure que je parlais.

— Tu as raison, il faut y aller. Mais comment?

À mon tour, j'ai pointé la fenêtre du doigt: une bagnole vert lime, aux pare-chocs blancs et au capot rouge sang de bœuf s'engageait dans l'allée.

— Mets ta veste, Joé. Notre limousine nous attend.

— Pas question! Oubliez ça! a fait Misha en secouant ses bottes.

Il avait de la neige partout, sur la tête, les épaules. Ses lunettes étaient tout embuées.

— Oh, allez, Misha! Un bon geste!

— Écoutez-moi bien, tous les deux. Je viens de passer la journée à essayer d'expliquer aux flics votre dernière trouvaille à la noix. Vous vous imaginez tout de même pas que je vais remettre ça? J'ai déjà assez d'ennuis, vous trouvez pas?

J'ai délibérément ignoré la « dernière trouvaille à la noix » et, d'une voix calme, grave, où perçait déjà l'adulte accomplie et responsable que je serais sous peu, j'ai essayé de le rassurer:

— Il y en aura pas, d'ennuis, Misha. Tout ce qu'on veut, c'est aller voir sur place. Où est le problème?

— Le problème? a rétorqué Misha, soudain mal à l'aise.

Il a baissé la tête, comme s'il réfléchissait à tous les ennuis que Joé et moi — surtout moi! — pourrions lui causer. Mais franchement! Quel ennui un simple examen d'empreintes dans la neige pourrait-il bien causer, je vous le demande!

— Tu as qu'à rester à côté de nous pendant qu'on regarde, a précisé Joé. Que veux-tu qu'il arrive?

— Je sais pas, a marmonné Misha.

— S'il te plaîîîîît, ai-je supplié, la voix un peu moins grave que tout à l'heure.

Oh, et puis la barbe! J'étais désespérée.

Misha a fini par céder, en partie parce qu'il n'avait pas trouvé de raison pour refuser, en partie parce qu'il voulait avoir la paix.

— Je sais pas pourquoi je fais ça, a-t-il marmonné en faisant redémarrer Héloïse.

On s'est installés tous les trois en avant, Joé au milieu. Même s'il ne faisait pas encore nuit, Misha avait allumé les phares, comme tous les autres conducteurs sur la route.

— J'aurais aimé que tu voies les empreintes, a dit Joé. Tu serais aussi excité que nous autres.

— Sûr, a marmonné Misha, sur un ton

qui manquait nettement de conviction.

Il a ouvert la radio. Friture. Il a grogné et a tourné le bouton.

— Il y a rien qui marche dans cette fichue voiture. Rien qui marche dans ma vie. Je sais vraiment pas pourquoi je continue à m'activer.

Il y a des moments où il vaut mieux se la fermer. Celui-là en était un.

Dehors, la neige tombait toujours; d'énormes flocons venaient s'écraser contre le pare-brise. Tombaient-ils tout droit ou étaient-ils poussés vers nous? Difficile à dire.

Une fois près du garage, Misha a ralenti avant de s'engager sur la route conduisant chez Muffy. On avait l'impression de s'enfoncer sous terre. L'autoroute dominait nettement les terres environnantes, alors que cette route-là était à moitié ensevelie sous d'énormes bancs de neige. Tout à coup, Héloïse s'est arrêtée.

— Qu'est-ce qui se passe? a demandé Joé. On s'est embourbés?

J'ai jeté un coup d'œil dehors. Impossible! La neige n'était pas assez épaisse.

— Zuuuuuuut! a gémi Misha en s'affalant sur le volant. Il y a rien qui marche, absolument rien.

— Misha? a fait Joé.

Silence. Misha a soupiré. Profondément. Interminablement.

— Panne d'essence.

Bref échange de regards entre Joé et moi.

Misha a fini par se redresser. Nouveau soupir.

— Quelle idée de pas avoir fait vérifier cette fichue jauge d'essence! Oh, et puis… Vous deux, vous m'attendez ici. Je retourne au garage, c'est à un kilomètre seulement. Je vais être ici dans une demi-heure au plus. Vous êtes assez habillés? Super!

Il a allumé les phares de secours avant de sortir.

— Euh… Misha, on est encore loin de chez Muffy?

Je pensais aux empreintes. Et à la direction du vent. On n'allait tout de même pas risquer de les trouver ensevelies sous vingt centimètres de neige! Une demi-heure, c'était trop, beaucoup trop.

— Non, pas loin, a-t-il répondu en sortant. À peine quelques minutes en voiture.

— Si Joé et moi, on y allait à pied, ça t'irait?

Il a regardé la route enneigée, l'air pensif.

— Ouais. Cette route-là est un cul-de-sac ; les voitures sont rares, c'est le moins qu'on puisse dire. Il y a des maisons de ferme un peu partout si jamais vous avez besoin d'aide. Mais marchez face aux voitures, d'accord ? Et si vous en voyez une, ôtez-vous du chemin.

Nous sommes partis dans des directions opposées, Misha vers le garage, nous vers la maison de Muffy. Nous longions le côté gauche de la route. Il neigeait abondamment, mais pas assez pour nous empêcher de voir les phares d'une voiture.

Misha avait raison : il y avait effectivement quelques maisons, mais elles avaient l'air un peu perdues dans cette immense étendue blanche quadrillée d'interminables clôtures de fer. De quoi un paysage semblable pouvait bien avoir l'air en plein mois de juillet ? Joé m'avait déjà montré une photo de lui au beau milieu d'un champ de blé. On aurait dit un océan d'or ondulant paresseusement sous la caresse du vent. Joé disait qu'en été, les prairies ressemblaient à une vraie courtepointe avec ses carrés jaunes, bleus, or. Difficile à imaginer en plein hiver, même pour quelqu'un doté d'une imagination aussi fertile que la mienne.

La neige n'avait pas de prise sur nos blousons de nylon, mais sur nos tuques et sur nos mitaines, oui. J'étais au chaud, c'était l'essentiel. Les horribles vêtements dont on m'avait affublée jouaient leur rôle à la perfection. Quant à mon nez, à mes doigts et à mes orteils, n'en parlons pas. On n'avait pas marché dix minutes qu'ils picotaient déjà. Je me suis souvenu d'une aventure que j'avais lue à propos d'un explorateur de l'Antarctique, un certain Scott. Histoire de passer le temps, j'ai essayé de me mettre dans sa peau — en bravant le froid et la tempête, la tête haute et les mâchoires serrées. Essayez, vous verrez.

Et tout à coup, devant nous, la silhouette d'une immense maison. Sombre.

— On y est, tu penses? a demandé Joé.

J'ai plissé les yeux : c'était comme si je regardais à travers un épais rideau blanc. La seule fois où on était venus à cet endroit, il faisait nuit et j'avais à peine remarqué la maison.

— Je pense que oui.

Un garage était relié par une barrière à la maison. Juste à côté, un pauvre arbre esseulé agitait ses misérables branches au vent.

— Je me souviens du garage, ai-je dit. Quand on est venus, on a stationné Héloïse devant, tu te rappelles?

J'ai regardé la maison de nouveau. Les

rideaux étaient tirés. Muffy était peut-être sortie ; on n'avait pas pris le temps de vérifier. Après tout, ce n'était pas pour elle qu'on venait, mais pour les empreintes. Quoique, à bien y penser, une visite, même brève, aurait fait mon affaire : on gelait dehors.

Joé pensait manifestement la même chose que moi et c'est d'un pas assuré qu'il s'est dirigé tout droit vers la porte.

Je l'ai agrippé au passage :

— Pas tout de suite. Les empreintes d'abord.

Je savais qu'une fois à l'intérieur, il nous faudrait faire des efforts surhumains pour ressortir.

— Juste une minute, Steph…

— Une minute, c'est tout ce que ça nous prend pour examiner les empreintes.

Nous en avons pris au moins vingt. Aucun sentier ne menait vers l'arrière de la maison et on s'enfonçait jusqu'aux genoux dans la neige. Les trous qu'on y faisait ressemblaient à s'y méprendre à ceux qu'on était venus voir. Mais ceux-ci seraient-ils encore visibles ?

Comme je n'avais pas lacé mes bottes jusqu'en haut, la neige en a profité pour s'introduire à l'intérieur. En moins de deux, j'ai eu l'impression de soulever à chaque pas deux boulets de glace. Ce qui m'a donné l'occasion de mettre au point une technique qui n'a pas grand-chose à voir avec la marche, mais qui s'est révélée très efficace : genou haut levé et projeté en avant le plus loin possible.

Le solarium s'est soudain dressé devant nous, lumineuse structure de verre remplie de verdure. Je me suis aussitôt dirigée vers l'auvent. J'ai regardé par terre. Rien. Aucune trace de pas. J'en aurais pleuré.

On était arrivés trop tard !

Seuls de légers creux étaient encore visibles. Je suis restée là sans bouger, les mâchoires serrées. Si seulement je m'étais souvenu plus tôt des empreintes ! Hier ou avant-hier, avant qu'il neige en tout cas. Impossible, cette fois, de mettre la faute sur la malchance. Seule ma propre stupidité était à blâmer.

Joé contemplait les creux en silence.

— On s'en va, a-t-il fini par dire en me touchant l'épaule.

On a refait le trajet en sens inverse. Je m'attendais presque à trouver Héloïse garée devant la maison. Mais la voiture était invisible, Misha aussi. Si Muffy était sortie, on était dans un sérieux pétrin.

La porte d'entrée était ornée d'un heurtoir stylisé en laiton — une tête de lion dont on soulevait la mâchoire inférieure. On a frappé. Deux fois de suite. Pas de réponse. J'ai perdu patience.

— Hé, Muffy! ai-je crié en abattant mes poings sur la porte. On peut entrer, oui?

La porte s'est entrouverte, juste assez pour laisser voir deux yeux bleus étonnés et une avalanche de boucles dorées. Puis, elle s'est ouverte toute grande et Muffy nous est apparue, flamboyante dans son survêtement turquoise.

— Steph! Joé! Mais qu'est-ce que vous... Oh, mon doux! Vous avez vu dans quel état vous êtes? Vous avez l'air à moitié gelés. Entrez, vite!

On était complètement figés, incapables de retirer nos vestes ou d'articuler le moindre mot. Muffy s'agitait autour de nous avec son bavardage incessant, ses «Oh, mon doux!», ses bijoux clinquants et ses mains qui gesticulaient sans arrêt, enlevant une tuque, une écharpe, une mitaine.

Je n'écoutais pas. Je n'étais attentive qu'à une chose: à la chaleur qui régnait dans la maison, la douce, la merveilleuse, l'extraordinaire chaleur. Au moment où tombait le dernier accessoire de mon accoutrement d'hiver, je me suis sentie atterrir à Hawaï. L'atmosphère était la même, l'odeur aussi: dans un vase tout près trônait une immense gerbe de fleurs. Ahhhhhhhh!…

Muffy nous a poussés dans la cuisine et nous a fait asseoir sur des tabourets près du comptoir.

— Ne bougez plus, les enfants. Tu as vu tes mains, Steph? Des cubes de glace. Vous êtes mûrs pour un chocolat chaud, vous deux et… euh… vous avez faim? J'ai d'excellentes brioches à la cannelle… Mais, au fait, je ne vous ai même pas demandé ce que vous faisiez là.

Je n'avais aucune envie d'expliquer, mais on lui devait bien ça, pas vrai? Je lui ai dit qu'on était détectives et que Bobbi nous avait demandé de donner un coup de main à Misha. Joé approuvait du chef, en se balançant sur son tabouret. Je lui ai même confié que le coup de fil de Misha à propos des nouvelles plantes carnivores faisait partie du scénario destiné à faire tomber le voleur dans le piège. Quel piège, Seigneur!

— Sans blague! s'est exclamée Muffy, les yeux ronds. Un piège? Un vrai piège? Comme ceux des plantes carnivores? Fascinant! Absolument fascinant! Et la suite?

La suite, c'était la fameuse nuit passée dans la serre. Joé m'a interrompue presque tout de suite et, avec force gestes et mimiques, a entrepris de mimer toute la scène : l'arrivée du voleur, son pied dans la flaque de colle, mes hurlements et ma reptation à travers la serre, son réveil brutal, ses tâtonnements et sa chute dans la flaque de colle. Il a terminé son numéro en mimant les deux policiers : torses bombés, mains accrochées à la ceinture, voix caverneuses, sermons d'usage.

Muffy s'amusait comme une folle. Elle aurait été au théâtre qu'elle n'aurait pas applaudi davantage.

— Fantastique ! criait-elle. Fais-le encore, Joé, le passage où Steph se cogne la tête contre une patte de chaise.

— Désolée de vous interrompre, suis-je intervenue en fusillant Joé du regard, mais on est pas une troupe de théâtre ambulant, que je sache !

Joé m'a regardée, gêné, et s'est rassis.

J'ai donc poursuivi mon récit et j'ai parlé à Muffy de la visite de Veda, des empreintes qu'on avait trouvées dans la serre et près de son solarium.

— C'est même pour ça qu'on est ici, voyez-vous ? Pour examiner les empreintes. Mais elles ont disparu, ai-je ajouté, soudain déprimée. La neige les a ensevelies.

Muffy me tapotait gentiment le bras.

— Quel dommage! répétait-elle. Tous ces efforts pour rien, toutes ces voies qui ne mènent nulle part…

— Pistes, ai-je corrigé.

La sonnerie du four à micro-ondes nous a ramenés à des préoccupations plus terre à terre. Le chocolat était délicieux et sucré. Très sucré même. Muffy y allait généreusement : six cuillérées au moins. Chaud aussi : Joé a failli se brûler en avalant la première gorgée.

— Trop chaud, peut-être?

— Pensez-vous! a-t-il protesté en avalant une deuxième gorgée sans sourciller.

Ont succédé les brioches les plus grosses, les plus moelleuses, les plus tendres qu'il m'ait été donné de déguster. Elles étaient glacées, fourrées de raisins secs et de noix, et recouvertes d'une épaisse couche de beurre — qui dégoulinait sur mon poignet, d'ailleurs.

— C'est bizarre que Veda vous ait rendu visite, a fait remarquer Muffy en revenant s'asseoir. Si je me souviens bien, elle en avait gros contre Misha. J'en avais même peur. Et, j'y pense…, a-t-elle ajouté, un doigt sur les lèvres. Non…, il ne vaut mieux pas.

— Quoi donc? a demandé Joé en avalant

une bouchée de brioche. Vous savez quelque chose à propos de Veda?

Muffy a regardé par-dessus son épaule, comme si les murs avaient des oreilles, et sa voix a baissé d'un cran:

— Eh bien, ce n'est pas très élégant de déblatérer contre les gens, mais puisque vous m'avez mise au parfum et que je participe dorénavant à l'enquête... C'est tellement excitant, je me sens un peu comme votre associée...

« C'est un comble, ai-je pensé. Un muffin aux bleuets comme associée, à présent!»

— Vous disiez donc que Veda Bickel..., ai-je dit pour la rappeler à l'ordre.

— Veda, oui. Eh bien, la veille du vol, elle a passé des heures dans le solarium à examiner les plantes. Comme si elle voulait les photographier. J'ai même eu peur qu'elle s'incruste. Mais qu'est-ce qu'elle voulait, au juste?

— Examiner les plantes, sans doute, ai-je dit. Repérer les espèces les plus rares. Évaluer la situation, quoi!

— Sans doute, a fait Muffy en découvrant ses fossettes. C'est fou ce que vous m'avez l'air brillants tous les deux.

Les lèvres de Joé ont esquissé un sourire.

— Courageux aussi, poursuivait Muffy. Faire un aussi long trajet en plein hiver, dans la tempête, juste pour trouver des voies…

— Des pistes, ai-je corrigé machinalement.

Car mon esprit avait buté sur un mot. Quand j'ai compris l'étendue du désastre, j'ai failli tomber en bas du tabouret.

— La tempête? Quelle tempête?

— Vous n'avez pas écouté la radio? a demandé Muffy, étonnée. On a annoncé une tempête. Une grosse.

— Sapristi! s'est exclamé Joé en se levant. Misha!

Il est sorti de la cuisine en coup de vent et a couru jusqu'à l'une des fenêtres de devant, Bobbi et moi sur les talons. Il a tiré les tentures d'un coup sec. La fenêtre n'était plus qu'une masse opaque de neige. Héloïse aurait pu être stationnée à quelques mètres de la maison qu'on ne l'aurait pas vue.

— J'avais raison ou pas? a dit Muffy.

— Misha, a répété Joé, livide.

— Oh, ne t'inquiète pas pour lui, a dit Muffy en posant sur ses épaules deux mains grassouillettes aux ongles soignés. Il ne court pas grand risque. Mais si ça peut vous rassurer, on va téléphoner au garage. Je suis à peu près sûre qu'il doit y être, à attendre la fin de la tempête.

On a suivi Muffy jusqu'au téléphone.

— Allô? Allô? Mon doux, mais qu'est-ce qu'il a, le téléphone?

Je lui ai pris l'appareil des mains. Aucune tonalité. Rien.

— Ça doit être à cause de la tempête, ai-je risqué.

— Au moins, on a du courant, a dit Muffy. Je vais allumer la radio.

Tous les postes en parlaient de la tempête: la circulation était réduite partout, plusieurs routes étaient fermées et certains abonnés n'avaient plus le téléphone.

— On peut même pas appeler Bobbi, a gémi Joé.

— Pas de problème. On lui a laissé un mot pour lui dire où on allait. Elle sait qu'on est ici.

— Venez à la cuisine, les enfants. Un peu de chocolat chaud ne vous fera pas de mal.

S'il y avait une chose dont je n'avais plus envie, c'était bien de chocolat chaud; mais politesse oblige... Muffy a transporté la radio dans la cuisine, mais son babillage incessant à propos d'une autre damnée tempête survenue pendant son enfance nous empêchait d'entendre quoi que ce soit.

— C'était au mois de mars, le quatre si je

me souviens bien. Non, le trois… Non, le quatre plutôt. En tout cas, la neige tombait depuis le matin. Je l'ai vue en me réveillant. Je portais ma robe de nuit en flanelle rose, celle que… À moins que ce soit la bleue. Toujours est-il que…

Joé était ailleurs, effondré sur le comptoir, l'air inquiet.

Que faire d'autre que manger ? J'ai fait main basse sur deux autres brioches et avalé trois autres tasses de chocolat chaud. Quand j'ai commencé à avoir mal aux mâchoires, je me suis dit qu'il était temps d'arrêter. D'autant plus que j'avais aussi mal au cœur. Et chaud. J'ai retiré une autre couche de vêtements. On manquait d'air et l'odeur entêtante des fleurs n'arrangeait rien.

Muffy n'en avait pas encore terminé avec sa tempête : elle en était à l'étape où sa prof était heureuse et tellement soulagée de la voir enfin arriver à l'école.

— J'étais le chouchou de madame Kirgenblass et, ce jour-là, je devais réciter un poème. À propos des tulipes et du printemps. Attendez, je pense que je pourrais me rappeler…

Des tulipes ? Au printemps ?

Sauve-qui-peut !

— Où est la salle de bains, Muffy ?

Elle a fait une moue désappointée et m'a indiqué la direction.

Croyez-le ou non, j'ai réussi à me perdre.

« Tu parles d'une détective ! ai-je pensé. D'abord, tu perds des empreintes — deux fois de suite s'il vous plaît — et après, tu te perds, toi. Dans une maison, en plus ! Pas mal, Steph Diamond. Pas mal du tout. »

Mais au moins, j'étais loin du bavardage incessant de Muffy et de sa nourriture trop sucrée. Je suis montée à l'étage — l'escalier était large et recouvert d'un épais tapis — et j'ai longé un très long vestibule qui conduisait aux chambres. C'est à ce moment-là que j'ai cédé à la curiosité. À quoi pouvaient bien servir toutes ces pièces ? Pas de problème pour la première : une machine à coudre et, au beau milieu, un tas de tissus aux couleurs que seule Muffy pouvait porter : rose bébé, pêche, bleu pâle. Les trois pièces suivantes étaient des chambres à coucher, la plus grande étant manifestement celle de Muffy. Une vraie chambre de princesse, blanc et bleu, avec tout plein de volants et de falbalas. Sur l'un des murs, une immense peinture représentait une petite fille aux yeux bleus, souriant aux anges, au visage encadré de longues boucles dorées. La coupe de cheveux mise à part, Miss Muffin n'avait pas changé d'un poil.

La pièce suivante était grande et spacieuse, avec un foyer et des sofas placés devant un écran de télévision géant. Sapristi! Pourquoi ne pas nous avoir invités ici au lieu de nous entasser dans la cuisine? Et pourquoi ne pas nous offrir un vrai repas, des hot-dogs, par exemple, au lieu de nous gaver de sucre? J'en avais l'estomac encore tout retourné. Et Dieu! qu'il faisait chaud! Mais pourquoi si chaud?

Et où est-ce qu'elle était, cette fichue salle de bains?

En poussant la porte de la pièce suivante, j'ai eu l'impression de pénétrer dans le solarium. Partout, des plantes. Mais je n'étais pas dans le solarium : les murs n'étaient pas de verre et la pièce n'était pas circulaire. D'ailleurs, les plantes que j'avais sous les yeux ne ressemblaient pas à celles que j'avais vues dans le solarium.

C'étaient des plantes à fleurs énormes, violettes, roses, jaunes et rouges. Comme celles qu'il y avait en bas, sauf qu'ici, elles étaient des centaines, empotées individuellement et éclairées par des spots accrochés au plafond et aux murs.

Sapristi! Mais qu'est-ce que Muffy fabriquait avec toutes ces plantes?

Elle en avait peut-être déjà parlé. Dans

son caquetage incessant, avais-je raté le passage sur les fleurs?

Et de quelles fleurs s'agissait-il, au fait? Mis à part la couleur, elles étaient toutes semblables. Et je les avais déjà vues, mais où?

Ça m'est revenu tout à coup.

Dans le vieil album de photos. Quand je ne sais vraiment pas quoi faire pour me désennuyer, je l'ouvre et je me bidonne en regardant de vieilles photos de ma mère quand elle était jeune. La façon dont ils s'habillaient à cette époque est franchement loufoque. Sur l'une des photos, on voit ma mère à son bal de fin d'année. Elle porte une robe superchic avec une fleur, une vraie, épinglée sur le corsage. C'était censé être le fin du fin. Votre cavalier vous offrait cette fleur le soir du bal — dans une boîte s'il vous plaît! Une ancienne technique de flirt, j'imagine.

Des fleurs comme celle-là, j'en avais à présent des centaines sous les yeux. Quel était leur nom déjà? Il commençait par un *o* et il y avait un *r*, il me semble. Origan? Non, c'est une herbe. Orgelet? Non, ça c'est une maladie. Ortolan… Organdi…

Orchidées.

Oui, c'est bien ça: des orchidées.

J'ai souri, très fière de moi. Soudain, un autre souvenir pas très lointain s'est superposé au premier : la visite au Jardin botanique de Winnipeg. Mon cœur s'est arrêté de battre, mon sourire s'est figé tout net.

Des ORCHIDÉES !

Chapitre

16

Autant vous l'avouer franchement, je n'ai pas compris tout de suite. À cause des orchidées, qui ajoutaient à la confusion générale. Mais ce que j'avais à faire, ça, je le savais.

J'ai pris deux ou trois bonnes inspirations et j'ai passé en revue ce qu'il y avait dans la pièce, à la recherche de… de n'importe quoi, en fait, de tout indice qui confirmerait mes soupçons.

Je l'ai trouvé sur une table, perdu au milieu de magazines sur le jardinage : une enveloppe blanche avec une adresse dactylographiée au dos :

Madame Alicia Flaversham, présidente
Société royale des orchidées
63 Sparrow Knoll Road
Winnipeg, Man.

En plein ce que je cherchais !
Je sentais que j'étais sur la bonne voie.

Pas le temps de m'arrêter pour réfléchir. J'étais en haut depuis au moins dix minutes; Joé et Muffy devaient commencer à se demander ce qui se passait.

Grouille, Steph! Je suis revenue sur mes pas et je suis entrée dans la chambre de Muffy. J'ai ouvert l'armoire. Il y avait des tas de vieilles chaussures par terre. J'ai fouillé pendant quelques minutes, puis j'ai passé toutes les chambres et toutes les armoires de l'étage en revue. Mon inspection terminée, je suis redescendue et j'ai tourné en rond au moins deux fois avant de me retrouver au pied de l'escalier. Égarée! Encore!

Un vrai labyrinthe, cette maison!

J'ai continué à tourner jusqu'à ce que je me retrouve dans une pièce au plancher de béton, remplie de meubles de jardin, de tuyaux d'arrosage et autres trucs du genre. À l'autre bout, une seconde porte menait directement dehors. Juste à côté se trouvait une armoire pleine de parapluies, de gilets de sauvetage, de vieilles vestes…

Et de bottes!

Des petites en avant, des grandes à l'arrière. Au moins quatre paires. J'en ai pris une, des noires. Bonne pointure, mais mauvais dessin sur la semelle. J'ai avisé une autre paire, des brunes celles-là, en cuir. J'en ai pris une et j'ai examiné la semelle…

Au bord, des lignes. Au centre, des cercles.

Eurêka !

J'ai pris l'autre botte et je l'ai retournée. Juste à la lisière de la semelle et du cuir…

Une énorme tache orange ! Aussi orange que nos mains après le grand nettoyage. Je me suis appuyée contre le mur et j'ai pris une profonde inspiration. Les bottes qu'on cherchait étaient là, devant moi, aucun doute là-dessus.

Et c'est moi qui les avais trouvées.

Mais à qui appartenaient-elles ? Elles étaient bien trop grandes pour Muffy. Même pour moi.

J'ai essayé de glisser mon pied dedans. Impossible. Il y avait quelque chose au fond. J'ai glissé ma main : un soulier ! Une petite espadrille blanche coincée au fond de la botte. Idem dans l'autre.

Alors ?

Alors, c'était clair. Une princesse aux petits pieds avait chaussé ces énormes bottes en glissant ses propres chaussures à l'intérieur.

— Steeeeeph !

La voix de Muffy. Je suis restée figée sur place.

J'ai jeté les bottes au fond de l'armoire et j'ai quitté la pièce en courant, ne m'arrêtant qu'au pied de l'escalier pour laisser à mon cœur le temps de souffler. Muffy s'y trouvait déjà, les doigts pianotant nerveusement sur la rampe.

— Ah, te voilà enfin, chérie! Mais où étais-tu passée? Je commençais à m'inquiéter... Est-ce que ça va? Tu es toute rouge. J'avais peur que tu sois sortie ou...

— Ça va, ça va, ai-je dit vivement. Je... euh... je me suis seulement... euh... perdue...

Ménage tes «euh», bon sang! Tu deviens suspecte.

— J'ai fini par trouver la salle de bains, ai-je dit en prenant mon air le plus naturel. Super! Quelles toilettes, sapristi! Et le lavabo... ah! le lavabo! Aussi vaste que la baignoire...

La ferme, idiote!

Muffy me regardait, perplexe.

— Eh bien, tant mieux si elle t'a plu à ce point... Allons à la cuisine. Je viens juste de me rendre compte que c'est l'heure du dîner et que je vous bourre de sucreries depuis tout à l'heure. J'ai fait réchauffer des mets chinois. Tu dois crever de faim!

— Pas vraiment. Pour être tout à fait franche, je n'ai pas faim du tout.

— Je n'en crois rien, a rétorqué Muffy en posant sa main sur la mienne.

Une main moite et collante.

Joé m'a accueillie avec le sourire:

— Je pensais que tu t'étais noyée, ma parole.

— C'est à peu près ça, ai-je dit en essayant de sourire.

Muffy a repris son bavardage sans plus m'accorder la moindre attention. Une histoire embrouillée à propos d'un poney que son père lui avait donné pour son cinquième anniversaire. Quelle pie, Seigneur! Mais à ce moment-là, ça m'arrangeait plutôt.

— Je l'avais baptisé Prince, sans doute parce que mes parents m'appelaient leur « petite princesse ». Oh, je ne l'ai pas beaucoup monté, mais Dieu! qu'il était mignon dans la petite écurie que mon père avait construite juste pour lui.

Je l'écoutais parler, je regardais ses boucles qui tressautaient à chaque mouvement, ses yeux bleus pétillants, sa petite bouche rose toujours en mouvement... Une idiote! En apparence, du moins...

L'ennui, c'est qu'elle ne l'était pas le moins du monde. C'était même tout le contraire. Pour avoir imaginé ce vol, il fallait une certaine dose d'intelligence. Mais une partie de son plan m'échappait encore.

— Steph! Ça va? a fait Joé. Tu as l'air bizarre.

— Oui, oui, ça va.

Nouvelle tentative pour lui rendre son sourire. Faux. Totalement faux. Comme sur les photos de fin d'année, à l'école.

— Le dîner est servi! a lancé Muffy.

On a mangé à la grande table. Un immense lustre pendait au-dessus de nos têtes, comme une énorme épée de Damoclès. La bouffe? Le truc chinois habituel. Un mélange de mets aigres-doux, avec une très nette prédominance du doux: boulettes de poulet frit que Joé évitait comme la peste, tranches d'ananas, poivrons rouges et carottes nageant dans une mixture rouge très sucrée. Chaque bouchée me restait coincée dans le gosier et je devais m'y reprendre à trois fois pour faire descendre le tout.

Mais le pire, c'était la chaleur. Muffy avait dû monter le chauffage en mon absence. Un vrai sauna! Joé était en t-shirt et dormait sur sa chaise. J'ai résisté à l'envie de retirer mon chandail. Je sais que ça peut paraître stupide, mais je me sentais en sécurité dedans, même si la sueur me coulait dans le dos.

Muffy a engouffré une autre bouchée d'ananas et a marmonné quelque chose avant de se lever de table et de disparaître. J'ai attendu qu'elle soit loin et j'ai secoué Joé.

— Joé! C'est elle!

Joé a roté bruyamment en essayant d'ouvrir les yeux.

— Elle quoi?

— La dame aux orchidées, c'est elle!

— La quoi?

Rotant de plus belle — et souriant pour s'excuser —, il a tendu le bras pour prendre sa serviette:

— J'avais jamais remarqué à quel point les ananas sont durs à digérer.

Je lui ai agrippé le bras:

— Réveille, Joé!

— Aïe! Tu me fais mal.

— On a pas beaucoup de temps devant nous, alors je te conseille de m'écouter.

Je lui ai fait un récit succinct de mes dernières découvertes: la chambre aux orchidées, l'enveloppe…

— Tu comprends ce que ça veut dire, au moins?

— Alicia Flaversham, a-t-il répété, son-geur. La présidente de la Société royale des orchidées? C'est le nom qu'elle nous a donné, la femme du jardin botanique, non? Mais quel rapport avec Muffy?

— Son vrai nom, c'est Alicia. Muffy, c'est un surnom, elle me l'a dit elle-même. Flaver-sham, j'ai pas la moindre idée d'où ça vient, mais tout ce que je sais, c'est que Muffy De Witt et Alicia Flaversham sont une seule et même personne.

— Mais où est le problème? a demandé Joé après un moment. Pourquoi Muffy pour-rait pas être présidente d'une société d'orchi-dées et membre du Club des carnivores en même temps?

— Parce que les deux sont rivaux, Joé. Muffy se fiche pas mal des plantes carnivo-res; elle est devenue membre du club juste pour le saboter.

Joé a ouvert tout grands les yeux:

— Steph, es-tu en train de me dire que la voleuse, c'est Muffy?

— En plein ça.

— Mais voyons! Elle est riche comme Crésus. Elle a pas besoin de vendre des plantes pour vivre.

— Bien sûr que non. Tout ce qu'elle

veut, c'est anéantir le Club des carnivores et faire entrer ses orchidées au jardin botanique.

Joé a ouvert la bouche tellement grand qu'on aurait pu y glisser un œuf.

— Wow!

— Comme tu dis!

— Sapristi!

Il s'est redressé d'un coup.

— On est pris au piège, Steph. La tempête! Quand tu es partie à la salle de bains, Muffy m'a dit qu'on en avait au moins pour vingt-quatre heures avant que les routes soient déblayées. Il va falloir qu'on passe la nuit ici. Tout seuls! Avec elle!

J'avais la gorge sèche — et encore sucrée.

— Pas de panique, surtout, pas de panique, ai-je réussi à dire. Tant qu'on se comporte nor...

— Chuuuut! a fait Joé.

Des pas venaient vers nous. Des petits pas de souris.

J'ai pris mon air le plus naturel et j'ai regardé Joé.

Sapristi !

Blanc comme un linge et la lèvre inférieure tremblotant comme une feuille au vent.

Muffy a fait irruption dans la cuisine, une tarte aux raisins à la main. Elle en a déposé une généreuse part devant Joé en déclarant d'une voix forte :

— RAISINS !

Zut ! Quelle idée de lui avoir parlé de Muffy ! Vous auriez dû voir la tête qu'il faisait. Aussi nerveux qu'avant un examen de français.

Il s'est tassé un peu plus sur sa chaise et lentement, péniblement, a porté la fourchette à sa bouche.

— Non merci, ai-je dit au moment où elle déposait une part devant moi. Je suis bourrée.

Elle m'a mis une fourchette de force dans la main.

— Comme le disait ma chère mère, il y a toujours de la place pour le dessert. Mange!

J'ai repensé malgré moi à Hansel et à Gretel perdus en plein bois et gavés par la sorcière. Les raisins étaient noyés dans une mer de colle qui dégoulinait de partout. J'avais la nausée.

— T-T-TARTE! a glapi Joé, d'une voix étranglée.

J'ai vu Muffy froncer les sourcils. Bon. Ça y était, elle avait des soupçons, aucun doute là-dessus. Tout à coup, je me suis demandé où elle était passée pendant tout ce temps. Est-ce qu'elle était allée vérifier quelque chose? Est-ce que j'avais laissé l'une des portes ouverte? Celle de la salle des orchidées, par exemple? Est-ce que j'avais remis les bottes à leur place?

Trouve quelque chose, Steph. N'importe quoi. Pour faire diversion.

— Joé et moi, on adore les tartes…

Je n'avais pas terminé ma phrase que j'ai eu un haut-le-cœur. La cuisine a vacillé autour de moi: les murs verts, les raisins gluants, l'odeur des fleurs, la chaleur…

J'ai respiré à fond pour dissiper le malaise.

Mais ce n'était pas moi que Muffy regardait. Elle avait les yeux rivés sur Joé et je savais à quoi elle pensait : le plus vulnérable des deux, c'était lui. Il fallait donc l'attaquer en premier.

— Joé, tu m'inquiètes, mon chou, a-t-elle proféré d'une voix très douce. Tu as l'air dangereusement calme. Parle-moi plutôt de Vancouver, de ta vie là-bas.

Joé a dégluti tellement fort qu'on aurait pu l'entendre de la pièce voisine.

— Euh... il y a pas grand-chose à en dire. Il y a des montagnes... bbbeaucoup de monmontagnes et... de l'eau. Bbbeaucoup d'eau. Et dans l'eau, il y a des sssaumons, des phphoques, des...

— Des baleines, ai-je ajouté pour lui venir en aide et pour attirer l'attention de Muffy.

— DES ORCHIDÉES ! a hurlé tout à coup Joé.

— NON ! ai-je hurlé encore plus fort. Des ORQUES ! Pas des orchidées, des orques, c'est ça que tu veux dire, hein, Joé ? Des orques, c'est noir et blanc, hein Joé ?

— SÛR ! a-t-il approuvé vigoureusement. DES ORQUES ! DES ORQUES !

Silence. Muffy a eu un petit rire.

— Passionnant tout ça. Des baleines-orchidées à Vancouver! J'aimerais beaucoup t'entendre là-dessus, Joé. Un merveilleux conteur comme toi! Je ne me lasse pas de t'écouter. Alors, ces baleines?

De la bouche de Joé est sortie une sorte de plainte, sourde et douloureuse. Il s'est effondré sur sa chaise, complètement anéanti. Muffy a eu un drôle de sourire. Son plan était clair: avoir Joé à l'usure en lui faisant subir un lavage de cerveau. Pas question de la laisser faire.

— On sait tout, ai-je dit.

Nouveau sourire, plus large, dévoilant une rangée de petites dents lumineuses et pointues.

— Tout? a-t-elle demandé très lentement. Tout quoi, exactement?

— Que votre vrai nom est Alicia Flaversham et que vous êtes la présidente de la Société royale des orchidées. Que c'est vous qui avez volé les plantes carnivores, dans votre propre solarium. Que c'est vous qui êtes entrée dans la serre de Bobbi, l'autre nuit.

J'ai fait une pause pour reprendre mon souffle.

— Oh, mon douuuuuux, a piaillé Alicia

Flaversham-Muffy De Witt. Quelle perspicacité! Vous faites une fameuse paire tous les deux! Mais je dois malheureusement vous dire une chose, mes chéris : vous ne savez rien, absolument rien.

Elle s'est dirigée vers une armoire, en a sorti une photographie, qu'elle a retirée de son cadre avant de nous la mettre sous le nez. Sur la photo, il y avait un homme, grand et tout en rondeurs, une femme blonde maigrelette et une petite fille, blonde également, avec des fossettes — Muffy enfant. La même tête que sur la peinture de la chambre à coucher.

— Mes parents, a dit Muffy. Gladys et Winslow De Witt. Vous savez qui ils sont?

Pas la moindre idée.

— Ce sont les fondateurs de la Société royale des orchidées. Elle existe depuis 1949. Vous avez une idée de ce que pouvait représenter la culture des orchidées à Winnipeg à une époque où la simple perspective de faire pousser une fleur en hiver passait pour une aberration? Vous pensez que c'était facile?

Facile? Sûrement pas. Joé secouait la tête avec conviction.

— Il fallait avoir une tête de mule et une

détermination hors du commun — sans parler de l'argent. Une fortune. Mes parents ont consacré toute leur vie aux orchidées et à la société. Pourquoi, pensez-vous? Tout simplement pour faire apprécier ces fleurs exquises dans le monde entier, ces fleurs sans pareilles, les plus belles de toutes.

— C'est rien que des fleurs, ai-je fait remarquer malgré moi.

— Rien que des fleurs? a rétorqué Muffy, le souffle court. Ce sont des fleurs hors du commun, au parfum unique. Aucune fleur n'est aussi recherchée que l'orchidée. Alors, quand j'ai appris que le jardin botanique voulait construire une nouvelle aile, j'ai tout de suite pensé qu'elle devrait être consacrée aux orchidées et porter le nom des De Witt. J'ai contacté les administrateurs et je leur ai immédiatement offert de financer l'opération et de les fournir en plantes.

Il a fallu que Joé rote encore plus fort que tout à l'heure pour que Muffy consente à faire une pause. Confus, Joé a plaqué sa main sur sa bouche et a jeté un regard gêné à Muffy. Elle a continué comme si de rien n'était.

— Vous savez ce qu'ils m'ont répondu, ces idiots du jardin botanique? Que leur nouvelle aile, ils voulaient la consacrer à ces horribles plantes carnivores. Qui rampent, a poursuivi Muffy, le visage tordu dans une horrible grimace, et qui se nourrissent d'insectes. Ces... déchets immondes ! Au lieu de ces exquises merveilles que je leur proposais.

Elle nous a regardés bien en face avant de continuer :

— Et vous savez pourquoi ces idiots ont jeté leur dévolu sur ces horreurs ?

Non. On ne le savait vraiment pas.

— À cause de vous ! a glapi Muffy.

— De nous ?

— À cause d'enfants comme vous. « Pour mettre le jardin botanique à la portée des jeunes, qu'ils disent, pour amener les jeunes à s'intéresser aux plantes. » Comment ? Avec des plantes carnivores, bien entendu. Quelle stupidité ! Comme si un enfant un tant soit peu intelligent n'allait pas trouver les orchidées cent fois plus intéressantes que ces plantes idiotes.

« Faux, Muffy, complètement faux », ai-je pensé.

— Il fallait empêcher ça, a-t-elle poursuivi. Plus facile à dire qu'à faire. Mon propre mari, Boswell Flaversham, a essayé de m'arrêter. « Laisse tomber, Muffy, qu'il me disait, laisse-les faire leurs idioties. » Trop, c'était trop. Je l'ai fichu à la porte. Plus de mari !

Bon débarras. À présent, j'allais pouvoir me consacrer entièrement à mes chères fleurs et à l'aile De Witt.

Complètement marteau, la vieille !

— Le plus difficile a été d'assister à ces maudites réunions du Club des carnivores. Au milieu de ces gens dépourvus de manières, qui ne savent même pas tenir une tasse de thé et qui nouent leur serviette autour de leur cou ! Quel contraste avec la Société royale ! Les membres y sont d'un raffinement, d'une culture…

Muffy contemplait la porte en parlant, comme si le raffinement et la culture allaient faire irruption chez elle.

Aucune chance.

Moi, j'en avais assez entendu.

— Vous auriez dû suivre le conseil de votre mari, Muffy. Ça marchera jamais, votre plan.

Elle m'a regardée, les lèvres pincées :

— Et pourquoi donc, ma chère ? Vous allez encore étendre l'une de vos stupides flaques de sirop pour m'attraper ?

Je me suis redressée, vaguement offensée. Décrit comme ça, mon piège avait l'air stupide, en effet.

— Regardez, a dit Muffy en montrant sa

maison, les murs verts, les fenêtres hermétiquement closes, la tempête qui rugissait dehors. Ceux qui sont pris au piège, c'est vous deux, si je ne m'abuse.

Mes yeux ont fait le tour de la maison. Nouveau haut-le-cœur. Elle avait raison.

Un détail m'a frappée : Joé et moi, on avait construit un piège en nous inspirant des plantes carnivores, avec le succès que l'on sait. Muffy, elle, avait parfaitement réussi là où on avait échoué, et sans aucune préméditation. Sa maison était la réplique exacte d'une plante carnivore : chaleur, humidité, sucre, odeur douceâtre, atmosphère oppressante…

Les victimes ? Joé et moi, deux insectes insouciants virevoltant au-dessus du piège. Je voyais déjà la suite : les deux mêmes insectes de plus en plus épuisés, désespérés et terrifiés, devant une Muffy-droséra souriante, réchauffant son antre, essayant de nous attirer avec du sucre…

Elle en avait l'aspect, d'ailleurs : les coins de sa bouche retroussés en forme de vrilles donnaient à son sourire une expression diabolique.

— Ce n'est pas deux malheureux petits détectives en herbe qui vont m'empêcher de réaliser mon projet, a-t-elle proféré lentement.

Nouveaux regards entre Joé et moi.

Brefs. Très brefs.

Parce qu'à ce moment précis, il y a eu une panne de courant.

Chapitre 18

Noir total dans la maison. Silence total aussi. Puis un halètement, suivi d'un cri. Aigu.

Joé ? Muffy ?

Et une impression de déjà vu. Pourquoi ? Parce que c'était comme une répétition. Une répétition de l'horrible nuit passée dans la serre, quand j'avais effleuré un visage et que la folie s'était emparée de nous.

— Maudite tempête, a soudain éclaté Muffy, tout près.

Exclamation aussitôt suivie d'un bang ! retentissant, comme si elle avait abattu son poing sur la table.

Avec mille précautions, et en prenant bien soin de ne pas faire grincer ma chaise, je me suis levée. Je me suis dirigée vers Joé en me guidant à l'aide de la table. Répétition ? Pas exactement. Cette fois, nous étions bien réveillés. Cette fois, Muffy ne nous prenait pas par surprise. Cette fois, l'obscurité était notre alliée. Du moins, je l'espérais.

Ma main a fini par toucher un bras — celui de Joé. Il a sursauté violemment et a fait un bond de côté.

— C'est moi, Joé, ai-je soufflé.

— Vous voilà donc, a marmonné Muffy. Pas un pas de plus, restez où vous êtes.

Bon. Changement de tactique. À partir de maintenant, plus un mot. L'une de mes mains a agrippé de nouveau le bras de Joé, l'autre a trouvé tout naturellement sa bouche. J'ai placé un de mes doigts sur ses lèvres : consigne du silence.

Joé a compris. J'ai accentué ma pression sur son bras pour qu'il me suive. Il a compris aussi. Il a pris ma main.

L'obscurité était totale, je ne voyais même pas la main que je tendais devant moi pour parer aux obstacles. Je suais à grosses gouttes, à cause de la chaleur évidemment, mais surtout parce que j'avais une frousse de tous les diables, la même que l'autre nuit : j'avais peur d'effleurer le visage de Muffy, cette matière horrible. Une éternité s'est écoulée. Mes pieds ont soudain buté sur une surface dure et plane : le mur. Je l'ai longé lentement, à la recherche d'une issue. J'imaginais Muffy tout près, attendant patiemment près de la porte.

Que j'ai finalement trouvée. J'ai agrippé la poignée et, après une seconde d'hésitation, j'ai tendu la main. Rien. J'ai serré la main de Joé et on a passé la porte. On s'est retrouvés dans le couloir.

Derrière nous, une voix:

— Où êtes-vous? Où allez-vous?

Suivie d'un bruit léger, reconnaissable entre tous: Muffy tapait du pied.

— Je veux avoir ma place au jardin botanique et je l'aurai. Personne ne m'arrêtera. Mon mari n'a pas réussi, le Club des carnivores non plus. Alors si vous vous imaginez que deux olibrius de votre espèce vont réussir là où tous les autres ont échoué, vous vous fourrez le doigt dans l'œil jusqu'au coude.

Olibrius?

Je n'avais pas la moindre idée de ce que c'était, mais j'aimais cent fois mieux être un olibrius qu'un muffin aux bleuets.

On a continué à avancer.

— Personne ne va se mettre en travers de mon chemin, personne, m'entendez-vous?

Le muffin était au bord de l'hystérie.

— Sales mioches!

«À mioche, mioche et demi», ai-je pensé. Même un enfant de deux ans ne ferait pas autant d'histoires si on lui refusait un jouet.

Soudain, la cuisine a émergé de l'ombre. Je me suis retournée d'un bloc. Derrière la lueur d'une chandelle se profilait le visage rond et jaunâtre de Muffy. D'un seul mouvement, on s'est réfugiés dans un angle du mur. La flamme a balayé lentement la pièce et s'est éloignée. Le couloir est redevenu complètement noir.

Sauvés! Pour l'instant du moins. Parce que le muffin et la chandelle allaient revenir. Il fallait déguerpir, et vite. Pas question de passer la nuit avec un droséra humanoïde.

J'avançais toujours, la main tendue en avant comme une antenne — tâtant, palpant, effleurant, cherchant une porte, une rampe d'escalier, un meuble, tout ce qui pourrait m'aider à reconstituer les lieux.

— Où est-ce qu'on va, Steph? a soufflé Joé derrière moi.

— Chhhut!

Mon pied a buté sur un autre obstacle : l'escalier. Et tout à coup, j'ai su où nous irions : dans la petite pièce remplie de meubles de jardin, celle qui avait une porte donnant sur l'extérieur.

J'ai tourné à gauche. Il y avait une série de portes, mais impossible de voir derrière elles. Comment trouver la bonne? Soudain, je me suis rappelé: les tuyaux d'arrosage, à droite de la porte. Je n'avais qu'à entrer dans chaque pièce et à vérifier s'ils étaient bien là.

Ce que j'ai fait. Pièce après pièce — trois, quatre, cinq. J'ouvrais la porte, vérifiais, repartais, ma main courant le long du mur à la recherche de la suivante.

— Steph, qu'est-ce que tu fais?

— Chhhhh.

Sixième porte. Septième. Un peu long, il me semble. Tout à coup, plus de porte, le mur s'arrêtait là. J'ai tendu les deux mains pour essayer de me repérer…

L'escalier.

On avait tourné en rond.

Pire: la lueur était revenue — derrière nous. Muffy nous suivait à la trace. Joé enfonçait ses doigts dans mon bras.

Bon. Je m'étais trompée pour les tuyaux. Peut-être étaient-ils à gauche de la porte.

On a recommencé à arpenter la maison en longeant le mur. Nouvelles vérifications.

À la quatrième porte, ma main a reconnu ce qu'elle cherchait: les tuyaux d'arrosage.

À présent, il fallait faire très attention. La pièce était remplie à craquer d'objets hétéroclites prêts à faire un bruit d'enfer si on les heurtait au passage : outils de jardin, stores métalliques, pots empilés, seaux… Comment se déplacer dans un fouillis pareil ? Ce serait pire que de marcher sur une corde raide.

— Reste derrière moi, ai-je soufflé à Joé, et ne touche à rien.

La main toujours tendue devant moi, j'avançais tout doucement, un pas après l'autre, l'oreille en alerte, contournant les obstacles. Joé était soudé à moi comme si nous ne faisions qu'un. Mon pied a heurté un râteau, mais j'ai réussi à le rattraper à temps.

Ma main a touché un tissu : des vêtements. On était près de l'armoire. À droite, du bois. La porte était là. Notre planche de salut !

— Prends une veste, n'importe laquelle, ai-je dit tout bas. Et une paire de bottes. Il y en a plein.

— On sort ? Et la tempête ? Tu es folle ou quoi ?

— Pas de panique ! On va jusqu'au garage seulement.

Où on serait obligés de passer la nuit, j'en avais peur. Mais, avec un peu de chance, le garage serait tiède. On chauffait absolument tout à Winnipeg, alors pourquoi pas les garages? Et Muffy était particulièrement frileuse.

J'ai mis la main sur une énorme veste à capuchon, en duvet, et je l'ai endossée. Quelle chaleur, sapristi! Si on ne sortait pas au plus vite, je risquais fort de rendre tout ce que j'avais ingurgité depuis tout à l'heure, raisins compris. J'ai ratissé le bas de l'armoire, à la recherche de bottes. Toutes trop petites. Les grosses étaient au fond. Ma main en a saisi une. Une grosse. Les bottes de Boswell Flaversham, sans doute. Le mari expulsé. Ça pouvait aller.

— Merci, Boswell, ai-je murmuré en glissant mon pied dans l'une des bottes et en tendant une autre paire à Joé, qui endossait sa veste.

— Steph! Il faut des mitaines.

En effet. J'ai exploré les poches de ma veste: vides. Dans les autres vestes, peut-être? J'ai trouvé une paire de gants en cuir et des mitaines de daim. À la bonne heure!

J'ai tendu les mitaines à Joé et j'ai mis les gants.

On commençait à voir, à présent. Nos yeux devaient s'habituer à l'obscurité. Très bien.

Non! Pas très bien! Nos yeux ne s'habituaient à rien du tout, c'était la chandelle qui était revenue. Et Muffy avec, appuyée contre la porte, Muffy dont les joues et les boucles luisaient à la lueur de la bougie.

— Vous allez loin comme ça, les enfants?

Je me suis ruée sur la porte et j'ai tiré. Bang! Une seconde porte. J'ai tiré, poussé, tiré, poussé. Verrouillée? Bloquée à cause du froid?

— Joé, vite! Aide-moi!

La chandelle haut levée devant elle, Muffy se frayait déjà un chemin jusqu'à nous.

— Une! Deux! ai-je hurlé. Trois!

À trois, on s'est rués sur la porte. Qui s'est ouverte. Entrouverte plutôt. Parce qu'elle était effectivement coincée, mais pas à cause du froid.

À cause de la neige. Des tonnes de neige, poussées là par la tempête. Un vent froid nous a frappés au visage. Moment d'hésitation. Je me suis retournée: la flamme approchait.

— On y va! ai-je crié en plongeant.

— Ôte-toi de là! a crié Joé en plongeant à son tour.

Sur moi. Pas de chance.

Je me suis retrouvée ensevelie sous la neige, la figure complètement gelée, avec un gars d'au moins cinquante kilos sur le dos.

Mais qu'importe !

On était libres ! Les deux insectes étaient libres !

— Joé, bon sang!

— Cours, Steph, cours!

Courir? Aveuglée comme je l'étais? Les jambes coincées dans la neige? Pensait-il vraiment pouvoir courir? Il était aussi coincé que moi, avec de la neige jusqu'à la ceinture, ramant tant bien que mal sans avancer d'un pouce.

Soudain, la neige est devenue jaune. La bougie! J'ai jeté un œil derrière moi. Muffy était dans l'encadrement de la porte, ombre gigantesque décuplée par la flamme. J'ai claqué la porte sur elle. Fort.

L'obscurité, de nouveau.

Mais une obscurité différente, glacée et uniformément blanche, qui supprimait tout relief, effaçait le contour de toutes choses. Il était mille fois plus facile de s'y perdre que dans la pénombre malgré tout rassurante de la maison. Sans parler du vent qui sifflait à nos oreilles et rendait le décor encore plus sinistre.

— Steph?

— Surtout, t'éloigne pas du mur, Joé. Contente-toi de me suivre.

Encore fallait-il pouvoir marcher. Impossible de le faire sans lever les pieds jusqu'au menton. On a longé la maison, aspirant l'air frais à pleins poumons, la tête et le visage exposés aux quatre vents. Nous étions heureux malgré tout de cette fraîcheur subite après la chaleur étouffante de tout à l'heure.

Pas très loin de l'endroit où nous étions, je savais qu'une clôture métallique conduisait tout droit au garage. Mais j'avais beau scruter l'obscurité, je ne la voyais pas. C'est Joé qui l'a aperçue.

— C'est là, Steph, a-t-il dit en se dirigeant vers elle.

On a longé la clôture pendant une minute ou deux avant que le garage surgisse devant nous comme un vaisseau fantôme. Joé n'a pu retenir une exclamation de joie; c'est tout juste s'il n'a pas embrassé les murs du garage.

— On l'a trouvé, Steph!

Il a ouvert la marche à son tour et on s'est rendus à l'avant. Comme il fallait s'y attendre, la porte du garage était coincée à cause de la neige et il a fallu déblayer pour atteindre la poignée.

— Tire, à présent! ai-je crié.

On s'y est mis à deux, sans le moindre succès. La porte refusait de s'ouvrir.

— C'est verrouillé, a crié Joé.

Verrouillé? Sans blague. On a essayé une deuxième fois.

Rien à faire.

— Il y a peut-être une autre porte, ai-je dit. Pas une qui se lève, une porte normale.

Il y en avait une autre, en effet, mais on a mis au moins un quart d'heure à la trouver.

— Verrouillée, elle aussi, a gémi Joé.

On a eu beau se ruer dessus cinq ou six fois, dans l'espoir insensé qu'elle ne serait que coincée, elle n'a pas bronché. Vaincus, on s'est tout bonnement laissés tomber dans la neige.

— Qu'est-ce qu'on fait maintenant? a demandé Joé. On retourne dans la maison?

Dans la maison? Dans cet horrible piège insalubre et tentaculaire? La nausée m'est revenue d'un coup.

— Hors de question, ai-je dit.

— En tout cas, on peut pas rester ici. Au cas où tu le saurais pas, des gens meurent dans les tempêtes, Steph. Tu as jamais lu les récits des pionniers?

Bien sûr que je les avais lus. Comme tout le monde. Et dans ces livres-là, il y a toujours une ou deux tempêtes épouvantables, un pauvre bougre qui n'arrive plus à retrouver son chemin et frôle la mort de près, des vaches qui meurent de faim et qui sont sauvées in extremis par le même pauvre bougre qui réussit à se rendre jusqu'à l'étable en suivant la corde à linge.

Une corde à linge? Il n'y en avait pas, évidemment, mais...

— Joé! Cette clôture va jusqu'à la route, non?

— Ouais! (Joé avait eu la même idée que moi). Elle va jusqu'à... jusque chez le voisin, non?

Oui. À présent, on pouvait y aller. Impossible de se perdre en suivant la clôture.

— Debout!

— Steph?

— Oui?

— C'est encore loin?

— Non. Pas très.

C'est du moins ce que je croyais.

On est repartis encore une fois, moi devant, Joé derrière, sautant dans mes pas.

Nos deux mains agrippées à la clôture, nous avancions tête baissée, à pas de tortue. En un rien de temps, mes mains sont devenues deux blocs de glace dans leur gaine de cuir. Et mon nez? Gelé, lui aussi, suintant comme un vieux robinet. Mais qui s'en souciait?

«Pense à autre chose, me suis-je dit; à Muffy, par exemple.» Elle avait tout avoué. On savait à présent qui avait volé les plantes. On connaissait aussi son motif. Ce qu'on ignorait encore, c'était le comment.

Elle avait dû les transporter hors de chez elle, cette fameuse nuit-là, à cause de la police qui aurait pu avoir l'idée de fouiller la maison. Mais comment s'y était-elle prise? Les voisins n'avaient vu aucune voiture dans les environs, si ce n'est celle de Misha. Un coup monté par Muffy: Héloïse circulant près de chez elle, visible au point que tous les voisins l'avaient vue, afin de faire incriminer Misha.

Mais comment avait-elle fait, sapristi?

Mon cerveau tournait à plein régime. Si c'était bien Muffy qui avait volé les plantes, c'était forcément elle qui était venue dans la serre de Bobbi. Une chose était sûre: aucune voiture ne s'était approchée de la serre cette nuit-là. Alors comment Muffy avait-elle fait pour s'amener chez Bobbi et retourner chez elle ? À pied ? Trop loin — vingt kilomètres aller-retour.

J'ai resserré le capuchon autour de mon visage. J'avais de plus en plus mal à la tête. Le froid peut-être, ou mon cerveau surmené.

— Steeeeeeeeeeph ! a gémi Joé derrière moi.

— Quoi ?

Il était effondré contre la clôture.

— J'en peux plus. C'est encore loin ?

— Pas très, Joé. Un dernier effort.

Mais la distance est un concept très relatif, je l'ai réalisé à cet instant-là. Avec de la neige jusqu'à la ceinture, des bottes qui pèsent une tonne, le vent qui siffle à vos oreilles et un blizzard qui vous aveugle, « loin » est bougrement plus loin qu'en temps normal.

Chaque pas nous coûtait un effort gigantesque, à présent. Le pied qui s'enfonce, qui se soulève, qui s'enfonce de nouveau, et après un pas, un autre pas, et un autre encore. À la fin, je les comptais, les pas, l'un après l'autre, jusqu'à… jusqu'à quoi, au fait ?

Sans parler du froid, décuplé par le vent.

Loin, c'est loin comment ?

C'est trop loin.

Encore un pas, puis un autre... Et tout à coup :

— Steeeeeeph.

— Oui, Joé ?

— On fait une pause, j'en peux plus. Juste une minute, d'accord ? Le temps de fermer les yeux...

Comme dans les aventures des pionniers ? Non ! Cent fois non ! Pour finir comme eux, crevés, s'arrêtant un instant pour souffler un peu et être retrouvés raides morts le lendemain ? Pas question.

— C'est justement la chose à pas faire, Joé. Règle numéro un : ne jamais s'endormir dans le froid ou pendant une tempête.

— T'en fais pas, Steph, a murmuré Joé en se laissant aller contre la clôture. Juste une minute...

J'ai frissonné, mais pas de froid. Je venais de comprendre une chose toute simple : on n'y arriverait peut-être pas, après tout. Si Joé refusait de bouger, s'il tombait endormi, que pourrais-je faire ? Le traîner ? Impossible. J'arrivais tout juste à traîner ma propre carcasse.

On resterait tout simplement là. À attendre... Gelés.

J'ignore combien de temps je suis restée immobile, les yeux dans le vague, l'esprit à la dérive. J'imaginais l'été à Vancouver. Le soleil brûlant, le gazon vert. Comme si j'y étais. J'aurais juré entendre le bruit d'une tondeuse…

Une tondeuse?

Une hallucination, sans doute. Comme les gens perdus en plein désert qui s'imaginent voir des lacs partout. C'est peut-être pareil pour les tempêtes de neige: les gens entendent peut-être des bruits de tondeuse. Mais elle approchait, non?

Et je la voyais approcher, non? Un seul œil, jaune, comme celui d'un cyclope. Pour une hallucination, c'en était toute une.

Elle était tout près maintenant. Quelle drôle d'allure pour une tondeuse. Il y avait même quelqu'un dessus. Quelqu'un qui fonçait tout droit sur nous.

J'ai crié.

Joé a sursauté et m'a saisi le bras:

— C'est une motoneige, Steph.

Il s'est levé d'un bond en agitant les bras en tous sens.

— Ici! Ici! On est ici!

L'engin s'est arrêté devant nous en faisant voler la neige. Le conducteur sortait tout droit d'un film d'horreur: casqué, masqué de noir et revêtu d'un bizarre accoutrement rouge feu. Il nous a malgré tout salués en arrivant. Encore heureux!

— Montez! a-t-il dit d'une voix sourde.

Je ne me le suis pas fait dire deux fois. J'ai grimpé derrière le conducteur et Joé s'est glissé derrière moi. Grondement du moteur. On était partis.

Cet engin allait tout seul, ma parole! On ne calait pas dans la neige, on glissait dessus. On volait presque, et à une allure folle. Quel contraste avec notre lenteur de tout à l'heure! Ces centaines de pas si laborieusement arrachés à la neige. Un vrai miracle!

— Oooouuuiiii! ai-je hurlé sous le coup de l'émotion.

La tête casquée a tressailli devant moi, le corps s'est courbé un peu plus sur le volant.

Au fait, le héros masqué, c'était qui?

Mon sang s'est glacé dans mes veines. Encore plus, je veux dire. Une pensée horrible venait de traverser mon cerveau: Muffy avait une motoneige. Elle était stationnée juste devant le garage, le soir de la réunion.

Muffy? Le héros masqué? Là, devant moi?

En tout cas, il n'allait pas dans le bon sens. Si c'était Muffy, elle serait retournée chez elle, dans la direction opposée. Non?

À moins que…

À moins de vouloir nous tromper. Ce serait tout à fait son genre. Stupide à l'extérieur, rusée à l'intérieur.

Bon. Alors, c'était Muffy ou c'était quelqu'un d'autre? Il n'y avait qu'un seul moyen de le savoir.

D'une main ferme, j'ai empoigné le casque.

La motoneige a dérapé et s'est mise à zig-zaguer, ratant la clôture de peu.

Elle a fini par s'arrêter. La tête masquée s'est retournée…

— Qui êtes-vous? ai-je demandé.

Silence. Une main a retiré le casque, puis le masque. Un flot de cheveux sombres s'est déversé sur les épaules rouge feu. Une fille me considérait en silence — environ quinze ans, mince, les pommettes saillantes.

— Satisfaite? a-t-elle fini par demander.

Le vent soulevait sa longue chevelure brune.

— Euh… oui.

— Encore une autre comme ça et tu fais le trajet à pied.

— Compris, ai-je dit très vite.

Mais elle avait déjà remis son masque.

Je me suis cramponnée à elle, remplie d'un

indicible sentiment de reconnaissance. J'ignorais qui elle était, mais je m'en fichais éperdument. Seul importait pour l'instant le soulagement que j'éprouvais à être assise là, en sécurité, sur la motoneige tonitruante.

Tonitruante?

Déclic dans mon cerveau, comme à chaque fois qu'une pensée brillante me vient. J'ai plaqué mes deux mains sur ma bouche, manquant tomber à la renverse avec Joé.

— Steeeeeph!

J'ai agrippé la ceinture rouge feu en riant. Ça y est, je l'avais trouvé! J'avais trouvé le chaînon manquant! Je savais à présent comment Muffy s'y était prise. Je me suis retournée pour faire part de ma découverte à Joé. En pure perte, faut-il le dire. Le vent soufflait mes mots et les emportait à l'autre bout du monde.

La motoneige a ralenti son allure. Devant nous, la barrière faisait une brèche. Juste à côté, une drôle de petite boîte reposait sur la neige. Comme une boîte à pain.

Mais c'était une boîte aux lettres. Juchée sur un pied invisible, enfoui sous la neige. Donc, la brèche, c'était une allée. Et qui dit allée dit maison. La fille a tourné à droite. Une seconde plus tard, on a aperçu une lumière au-dessus d'une porte.

Avec une maison autour!

À gauche de la porte, une fenêtre panoramique derrière laquelle se pressaient un nombre imposant de figures humaines. Sitôt qu'elles ont aperçu la motoneige, elles se sont éloignées de la fenêtre et se sont mises à sautiller. Et à s'embrasser.

La fille a garé sa motoneige et s'est dirigée vers la maison, Joé et moi sur les talons. On n'avait pas sitôt tourné la poignée que des dizaines de mains nous ont littéralement happés à l'intérieur, débarrassés de nos mitaines, de nos tuques, de nos vestes et de nos bottes, poussés dans des fauteuils, emmitouflés sous des tonnes de couvertures, frictionné les mains, les pieds...

J'ai fermé les yeux de contentement. Les mots me parvenaient de loin : « morsures du froid », « mourir de froid » et un tas d'autres, tous plus compatissants les uns que les autres. Il y avait aussi, je dois l'avouer, des trucs du genre « inconscients », « idiots d'enfants! » et j'en passe.

Quelqu'un a proposé des boissons chaudes. Aux mots « chocolat chaud », mes yeux se sont ouverts tout grands.

— Euh, je... de la soupe, peut-être?

Une minute plus tard, on me mettait dans les mains un plein bol de soupe aux tomates, que j'ai dégustée en jetant de rapides coups d'œil autour de moi.

Notre héroïne était assise sur un canapé, entourée de quatre ou cinq jeunes. Deux adultes — des parents manifestement — péroraient sans discontinuer sur les tempêtes. Dès que l'un s'essoufflait, l'autre prenait la relève. J'ai fini par comprendre que la fille — qui s'appelait Kirsten — était chez des amis quand la tempête s'était déclarée. Ses parents l'avaient conjurée de rester dormir là-bas, mais elle ne voulait rien entendre parce qu'elle avait loué un film et voulait le regarder chez elle. Elle avait donc enfourché sa motoneige et avait entrepris de rentrer à la maison. Heureusement pour Joé et moi, qui étions sur sa route. Malheureusement pour elle, que ses parents enguirlandaient de plus belle :

— Un film ? disait son père. Risquer sa vie pour un film ?

— Pas de problème, je suivais la clôture et…

— La clôture ? a renchéri sa mère. Parce que tu t'imagines qu'une clôture peut te garder en vie ?

— Elle aurait pu être ensevelie sous la neige, ta clôture, a ajouté son père.

Tout ce que je voulais, c'était qu'on reste

en dehors de ça. Peut-être que si on avalait tout doucement notre soupe, en silence, on arriverait à se faire oublier.

Pensez-vous!

— Et ces deux-là, a dit le père en nous montrant du doigt, qui sont-ils?

Kirsten a eu l'air soulagée.

— J'en ai pas la moindre idée. Je les ai aperçus affalés contre la clôture, à moitié morts. Je me suis arrêtée et je les ai pris avec moi.

À moitié morts? Je me suis redressée, insultée. Joé était peut-être à moitié mort, lui, mais pas moi. Moi, je réfléchissais, ce n'est pas du tout la même chose.

La mère s'est tournée vers nous:

— Je m'appelle Ellie Klassen et voici mon mari, John, et nos enfants. Bon, à présent, seriez-vous assez gentils de nous dire qui vous êtes? Et qu'est-ce que vous faisiez là, agrippés à notre clôture, au beau milieu d'une tempête?

Question pertinente, non?

À laquelle j'ai mis plus d'une heure à répondre. C'est vrai, quoi! Comment expliquer notre fuite de chez Muffy sans parler du vol et des aveux de Muffy? Situation délicate, vous en conviendrez. Ces deux-là étaient sans doute des intimes de Muffy.

Mais à en juger par le coup d'œil qu'ils ont échangé, j'ai vite compris qu'ils ne l'appréciaient pas outre mesure.

— Elle sème la zizanie depuis des années, a déclaré monsieur Klassen.

— Avec ses airs supérieurs! a renchéri madame Klassen.

— Mais de là à la soupçonner de vol... Monsieur Klassen se grattait la tête.

Ils avaient déjà entendu parler du vol : c'est eux qui avaient aperçu Héloïse cette fameuse nuit.

— Alors, c'est vous les témoins dont parlait la police? a demandé Joé.

Monsieur Klassen a hoché la tête.

— Et on mentirait en disant que cela ne nous ennuie pas. Misha Kulniki, on le connaît, voyez-vous. Il est déjà venu ici une fois ou deux, pour l'anniversaire de Kirsten. C'est un garçon très bien. Mais il fallait dire la vérité, comprenez-vous? On a bel et bien vu sa voiture. Deux fois à part ça.

— C'est la seule voiture qui s'est pointée ici cette nuit-là, a poursuivi madame Klassen. C'est tellement tranquille qu'on remarque le moindre bruit. Et c'est assez difficile de ne pas remarquer la voiture de Misha. Elle roulait tellement lentement qu'on a tout de suite pensé que quelque chose n'allait pas. Elle s'est même engagée dans notre allée quelques instants. Rappelle-toi, John. Je suis allée à la fenêtre et j'ai envoyé la main à Misha, mais il faisait déjà marche arrière.

— Normal, ai-je dit. C'était pas Misha.

Madame Klassen a froncé les sourcils.

— C'était Muffy qui était au volant.

— Muffy ? a fait Joé, interloqué.

Je me suis tournée vers lui.

— Elle voulait voler les plantes, non ? Mais il lui fallait maquiller son vol, laisser croire qu'un autre faisait le coup. Alors, cette nuit-là, elle a tout simplement « emprunté » la voiture de Misha et s'est montrée un peu partout. Petite incursion chez les Klassen évidemment, pour avoir des témoins. Comprends-tu, Joé ? Elle s'est fait passer pour Misha pour que les soupçons retombent sur lui.

Kirsten secouait la tête avec la dernière énergie :

— Ça colle pas. Comment Muffy s'y serait prise pour voler Héloïse ? Elle est même pas sortie ce soir-là.

— Kirsten a raison, a dit sa mère. La Mercedes de Muffy n'a pas quitté le garage.

— Elle a pas pris sa voiture, ai-je rectifié.

Ils m'ont tous regardée, bouche bée.

— Elle a pris sa motoneige. Elle a tout fait en motoneige.

— Quoi? a fait Joé.

Je me suis tournée vers les Klassen.

— Cette nuit-là, auriez-vous vu ou entendu une motoneige par hasard?

— Impossible de me rappeler, a dit madame Klassen.

— Moi oui! a crié l'un des garçons. C'était la nuit où les Ewanchuck sont allés se balader.

— Les Ewanchuck sont nos autres voisins, a expliqué monsieur Klassen. Quatre adolescents, quatre motoneiges. Toujours en mouvement et faisant un boucan de tous les diables. On essaie de les ignorer.

— Vous voyez? ai-je dit. Muffy savait très bien qu'elle pouvait circuler en motoneige près de chez vous sans que vous le remarquiez.

— C'est vrai, a dit madame Klassen en jetant un coup d'œil à son mari. On ne tend même plus l'oreille quand une motoneige passe.

— De toute façon, elle avait pas besoin d'emprunter la route, les champs en arrière auraient aussi bien fait l'affaire.

Exact.

— Donc Muffy se rend chez Bobbi en motoneige — dix kilomètres à peu près. Une fois là, elle dissimule la motoneige quelque part, dans un fossé par exemple. Elle emprunte Héloïse, revient ici et passe devant chez vous pour être bien sûre que vous aurez remarqué la voiture.

Kirsten buvait chacune de mes paroles, fascinée.

— Mais comment s'y serait-elle prise pour faire démarrer Héloïse?

— La clé est dans le coffre à gants, a expliqué Joé. Elle est toujours là.

— C'est vrai, ai-je dit. Misha en fait pas un secret, d'ailleurs. Muffy etait sûrement au courant.

— Donc, a repris Joé au comble de l'excitation lui aussi, Muffy revient chez elle, vole les plantes, les remise quelque part, et... et quoi?

— Elle ramène Héloïse chez Bobbi, reprend sa motoneige et rentre à la maison. Risqué, mais simple. Non?

— Brillant aussi! a fait Joé, impressionné. Elle noircit Misha tout en restant blanche comme neige. Tout un plan!

— En effet. Derrière des yeux d'un bleu limpide se cache le cerveau d'une criminelle.

Et c'est pas tout. La nuit où on a fait le guet dans la serre... Te rappelles-tu, Joé ? J'avais cru entendre une tondeuse à gazon.

— La motoneige de Muffy...

— En plein ça. Elle l'a laissée près de la maison et a fait le trajet à pied jusqu'à la serre. C'est pour ça qu'on a rien entendu.

— Impressionnant !

— Elle avait plus d'un tour dans son sac. Tu sais ce qu'elle a fait pour les empreintes ? Pour écarter tout soupçon, elle a chaussé d'énormes bottes, celles de son mari, je pense. Et pour pouvoir marcher sans encombre, elle a glissé ses propres chaussures à l'intérieur.

— Étonnant, a dit monsieur Klassen en secouant la tête.

— Révoltant, a ajouté sa femme en écho.

Kirsten s'est levée d'un bond.

— Il faut appeler la police au plus vite. Mais... ils vont vouloir des preuves, non ?

— Des preuves ? a répété Joé, subitement inquiet. On en a, des preuves, Steph ?

— Sûr. D'abord, la pièce remplie d'orchidées, ensuite l'enveloppe.

J'ai fouillé dans ma poche et j'en ai extirpé la fameuse enveloppe adressée à la présidente de la société.

Joé s'en est emparé, l'a parcourue et a souri :

— Super ! Ça prouve que Muffy avait une bonne raison de vouloir voler les plantes.

— Un motif, oui. Dommage qu'on ait pas eu le temps de prendre les bottes aussi. La police aurait pu comparer les taches sur la semelle avec celles de nos propres vêtements. Ça aurait prouvé que Muffy était bel et bien dans la serre cette nuit-là.

Le plus jeune des Klassen a grimpé sur ma chaise et m'a soufflé à l'oreille :

— Les bottes, elles avaient l'air de quoi ?

Je l'ai regardé, surprise. Quelle importance ?

— Brun pâle, ai-je répondu. Avec une grosse tache orange sur l'une des semelles.

Il est sorti de la pièce en courant. Deux secondes plus tard, il revenait en tenant à la main...

— Joé, les bottes !

Joé s'en est emparé et les a retournées. La tache orange était bien là.

— Mais comment se fait-il qu'elles soient ici ?

Regards vers le petit Klassen.

— Vous les portiez en arrivant ici, a-t-il répondu simplement.

— Ah oui? Et lequel de nous deux?

— Tous les deux.

— Tous les deux?

Madame Klassen se retenait pour ne pas éclater de rire.

— David a raison. Vous portiez chacun l'une de ces bottes et une autre, différente. On n'a pas pu s'empêcher de les remarquer.

— Le fait est qu'on est partis un peu vite. On avait pas vraiment le temps de choisir nos bottes.

Muffy avait sans doute réalisé qu'elle avait laissé trop de traces du vol. Elle avait pris le temps de retirer ses chaussures des bottes, vraisemblablement quand elle s'était absentée de la cuisine.

— En tout cas, la preuve, elle est là! s'est exclamé Joé en désignant la tache orange.

Ouais! Elle était bien là, la preuve. Et j'aurais aimé qu'on en reste là, qu'on appelle la police et que tout soit dit. Mais non! Les parents sont ce qu'ils sont, pas vrai? Alors on a été obligés de se taper un autre sermon sur les dangers de l'hiver, sur le risque qu'on avait couru, etc., etc. À les entendre, on aurait pu être morts à l'heure qu'il est ou privés de nez, d'oreilles, de quelques doigts et de quelques orteils aussi, à cause du gel qui, comme chacun le sait, vous scie un appendice en moins de deux.

Et un sermon comme celui-là, il faudrait sûrement s'en taper deux autres : celui de Bobbi et celui de nos parents, à Vancouver. Bizarre, non ? Car qui savait mieux que Joé et moi les tourments que nous avions endurés là-bas, dans ces champs balayés par le froid et la neige ? Qui savait mieux que nous ce que nous avions souffert ? Alors à quoi servaient tous ces beaux discours ?

À la seconde où ils ont fermé la bouche, on s'est rués sur le téléphone. Le courant avait été rétabli.

Quand Bobbi a entendu la voix de Joé au bout du fil, elle a hurlé tellement fort qu'il a dû éloigner le combiné de son oreille. Il a attendu qu'elle se calme avant de s'informer de Misha. D'après les bribes de conversation que j'entendais, Misha était resté pris au garage et s'était fait bien du mauvais sang à notre sujet. Comme tout le monde, d'ailleurs. Ils avaient même alerté la police.

— La police ? a dit Joé. Ils font des recherches ? Quoi ? À motoneige ? Dis-leur de venir ici, Bobbi. On a une histoire drôlement intéressante à leur raconter.

Joé lui en a fait un récit complet, évidemment. Il était tellement excité qu'il en a même oublié ma présence. Je vous laisse imaginer sa version des choses, qui différait sensiblement de la mienne. Sur certains points, en tout cas.

Qui avait fait quoi, entre autres.

— En plein ça, Bobbi. Tu aurais dû nous voir l'air quand on a découvert cette pièce pleine d'orchidées. Une fanatique, oui. C'est pour ça qu'elle voulait pas que l'exposition ait lieu. J'ai même mis la main sur une enveloppe adressée à la présidente de la Société royale des orchidées. Et tu sais pas quoi? J'ai la preuve que c'est bien Muffy qui s'est introduite dans la serre. Juste avant de m'enfuir de chez elle, je me suis arrangé pour emporter les fameuses bottes. L'une d'elles a une grosse tache orange sur la semelle.

Pause.

— Non, non, rien de bien difficile. La routine, quoi!

Deuxième pause.

— Exagère pas, Bobbi, je suis pas un héros. Tout ce que je voulais, c'est aider Misha.

Silence. Puis:

— Steph? Tu veux lui…

Et là, il m'a vue. Il est devenu rouge comme une tomate.

— Euh… je suppose que tu as… tout entendu? a-t-il demandé, la main sur le combiné.

J'avais tout entendu.

— Bobbi veut te parler.

Je lui ai pris le téléphone des mains.

— Bobbi? Steph à l'appareil. Comment allez-vous? Oui, oui, on va bien. Bien sûr qu'il l'est, voyons. Très brave, oui. Courageux aussi, oui. Brillant? Oui, brillant aussi. Oui, oui. Quelle chance d'être son associée, en effet, oui.

En parlant, je regardais Joé, dont la bouche se tordait dans une sorte de rictus. Le soulagement, sans doute.

— Merci, a-t-il dit, une fois que j'ai eu raccroché.

— Ça va. J'ai passé mon bras autour de ses épaules. Après tout, si tu peux pas être un héros pour ta grand-mère, pour qui le seras-tu?

Chapitre

21

— Fantastique, non ? me suis-je exclamée en désignant le jardin botanique rempli
à craquer. C'est merveilleux qu'on ait pu
rester quelques jours de plus !

Joé et moi, on avait repéré l'endroit de
loin le plus intéressant — le buffet — et on
s'empiffrait de hors-d'œuvre. Moi, en tout
cas. C'était le grand jour, le jour de l'inaugu-
ration officielle de l'exposition *Nos amies les
carnivores*. On avait dû remettre notre départ
à plus tard. Décision difficile, vous en conviendrez, mais grandement facilitée par le fait
qu'on était les invités d'honneur de cette
grande première. Le jardin était bondé de
monde — membres du Club des carnivores,
membres du personnel, édiles, journalistes et
groupes d'enfants. Les Klassen étaient là
aussi, avec Olivier et sa famille.

— Sûr que c'est merveilleux, a dit Joé en
prenant une gorgée d'orangeade. Pour Misha,

je veux dire. Mais il y a rien à faire, ces plantes-là, je m'y ferai jamais. Je comprends d'ailleurs pas comment tu peux avoir le cœur à manger dans un endroit pareil !

— Je mange n'importe où, moi. Enfin… à peu près n'importe où, ai-je ajouté en pensant à Muffy.

Muffy dont la carrière de voleuse venait de se terminer. Au début, elle avait tout nié. Mais quand les policiers lui avaient montré l'enveloppe et la tache orange, elle avait complètement perdu les pédales. Elle leur avait servi le même discours qu'à nous : l'histoire de ses parents, la Société royale des orchidées, les monstres du Club des carnivores et tout le bataclan. Ils avaient dû recourir à nos services — nous, c'est-à-dire Diamond & Kulniki — pour connaître le fin mot de l'histoire. J'avais eu raison sur toute la ligne en ce qui concerne la motoneige — même le détail du fossé était exact.

La police avait rapporté les plantes volées. Muffy les avait transportées chez un autre membre de la société, une dame pas très perspicace qui avait quitté la ville pour les fêtes de Noël. À son retour, elle s'était imaginé que les plantes carnivores étaient une nouvelle espèce — un peu particulière, évidemment — d'orchidées. Orchidées qu'elle nourrissait d'ailleurs à grand renfort de fertilisants pour plantes à fleurs.

Ce détail mis à part, les plantes se portaient à merveille. Il y en avait partout, dans chaque coin de la grande salle, arborant fièrement leurs drôles de feuilles, leurs tentacules et leurs alvéoles. L'étonnement se lisait sur le visage des enfants présents, qui n'avait d'égal que le mien quand j'avais vu les plantes pour la première fois. L'exposition serait un franc succès, foi de Steph Diamond.

Lester Potts se frayait un chemin à travers la foule :

— Fantastique, non ?

Son veston était parsemé de miettes de biscuits qu'il balayait du revers de la main.

— C'est comme un rêve devenu réalité.

— Vous avez entendu ? Vous avez entendu ? croassait Veda Bickel en arrivant derrière lui. L'exposition sera permanente, les administrateurs du jardin viennent de l'annoncer. Dorénavant, il y aura une section spécialement réservée aux plantes carnivores. Et c'est grâce à nous !

Ils se sont tenu la main en sautillant de bonheur. Bon ! C'était à mon tour d'être couverte de miettes. Il pouvait pas les garder pour lui, non ? J'ai fait un pas en arrière, attendant la fin de leurs ébats.

Une femme a aussitôt pris ma place. Je ne la connaissais pas, mais je l'avais déjà vue. Examinée même. C'était la femme invisible de la cafétéria, celle au nez pincé qui nous observait sans arrêt pendant que Lester essayait de se faire tout petit derrière son journal.

En l'apercevant, Lester est resté figé sur place.

— Oh Seigneur! Henriette, chère Henriette! Laisse-moi te présenter nos invités d'honneur. Steph et Joé, je vous présente ma femme, Henriette Potts.

Sa femme?

Sourire du bout des lèvres de la part d'Henriette. Puis elle a passé son bras sous celui de Lester.

— C'est le temps de partir, tu ne crois pas? Le travail nous attend à la boutique.

Lester a marmonné un dernier au revoir en croquant un dernier biscuit. Triste.

— Pauvre vieux, a soupiré Veda.

— C'est quoi, le problème? ai-je demandé.

— Henriette n'est pas d'accord avec l'emploi du temps de son mari. Elle pense qu'il devrait consacrer beaucoup moins d'énergie aux plantes carnivores et beaucoup plus à la boutique. Elle n'a pas tort, remarquez. Les affaires ne sont pas très bonnes. Mais Lester est un passionné.

— Beurk! a gémi Joé tout près.

Veda n'a pas relevé l'allusion désobligeante. Elle venait d'apercevoir d'autres membres du club et s'élançait déjà vers eux pour répandre la bonne nouvelle.

Je me dirigeais de nouveau vers le buffet quand on m'a poussée du coude : Mary Beth.

— Steph! Joé! Regardez!

Avec un grognement de plaisir, elle a déposé sur un siège une boîte en plastique dont elle a soulevé le couvercle.

— C'est quoi, ça? a demandé Joé, circonspect.

Au beau milieu de la boîte, il y avait une grosse boule de poil parfaitement ronde.

— Sigmund! s'est exclamée Mary Beth. On a fini par le trouver. Il se cachait derrière le chauffe-eau.

— Wow! a fait Joé. Il est en santé, en tout cas.

C'était le moins qu'on puisse dire : Sigmund avait la taille d'un petit chien. Non. D'un chien de taille moyenne.

Mary Beth souriait de bonheur :

— Il a beaucoup grossi, a-t-elle dit. À

cause des graines d'oiseau.

— Les graines d'oiseau?

— Olivier a échappé un plein sac de graines derrière le chauffe-eau. Ma mère est sûre que, depuis le 17 décembre, jour de sa disparition, Sigmund n'a rien fait d'autre que manger.

Nouveaux regards intrigués vers la boîte.

— Effrayant, a dit Joé.

— Très, ai-je renchéri.

— On s'en va, Sigmund! a déclaré Mary Beth. C'est le temps de faire ta sieste.

Une sieste? Pourquoi pas? Manger autant devait vous épuiser un hamster en moins de deux.

En parlant de manger…

Le buffet était vraiment le pôle d'attraction de la journée. Mary Beth partie, Olivier est apparu, main dans la main avec sa copine Vanessa.

C'est Vanessa qui avait fait la lumière sur les plantes dans la chambre d'Olivier. En fait, il s'agissait d'une seule plante — un poinsettia que Vanessa lui avait offert pour Noël. À chacune des branches, elle avait suspendu un petit cœur en or, avec leurs initiales écrites dessus à l'encre rose. Je vous laisse imaginer la mine d'Olivier pendant que Vanessa décrivait cette petite merveille.

Alors, bien sûr, quand Vanessa s'est aperçue qu'Olivier avait enfermé sa petite merveille dans sa chambre, dans un sous-sol, à l'abri du soleil et surtout des regards, elle avait voulu savoir pourquoi. Embarras indicible d'Olivier. Qui s'était tiré de ce mauvais pas en avouant à Vanessa qu'il voulait garder sa merveille pour lui tout seul. Et, croyez-le ou non, elle l'a cru. Elle lui en était même reconnaissante, l'appelait « mon gentil Pouce vert » et n'arrêtait pas de l'embrasser, ce qui le mettait encore plus mal à l'aise. Heureusement qu'il n'était pas venu à l'idée de Vanessa de s'informer du poinsettia. Car où croyez-vous qu'il était, le poinsettia ? Dans une poubelle, je suppose, jeté là dans un geste de pure exaspération, sans doute.

— Salut Vanessa. Salut, le Pouce vert… euh… Olivier, je veux dire.

C'était plus fort que moi.

Joé a éclaté de rire. Vanessa a souri tendrement. Quant au Pouce vert, je pense qu'il m'aurait volontiers scalpée, là, tout de suite, un cheveu à la fois, pour faire durer le plaisir.

— Quel garçon susceptible, l'a morigéné Vanessa.

Le garçon susceptible lui a souri en rougissant jusqu'à la racine des cheveux.

Puis ils se sont regardés. Je veux dire vraiment regardés. La technique du « regard enveloppant », quoi !

— Wowww ! a marmonné Joé.

Je partageais entièrement son avis. Si flirter, c'était ça, ces deux-là l'avaient, aucun doute là-dessus.

L'arrivée de Kirsten a détendu l'atmosphère. Elle était suivie de Misha. Eux aussi avaient l'air de commencer une histoire d'amour, mais pas de celles qui vous donnent la nausée. On avait deviné qu'ils s'aimaient bien depuis qu'elle nous avait déposés chez Bobbi. À la façon dont elle et Misha se parlaient, se regardaient. Sans toutes ces simagrées, ces regards de bovins larmoyants, ces fichues techniques… Ils s'appréciaient et se comportaient en conséquence.

Simple, quoi !

Vu de cette façon, le flirt me plaisait assez.

— Steph et Joé ! Beau travail ! s'est exclamée Kirsten en montrant l'exposition. Tout ça, c'est grâce à vous. Vous êtes des héros.

— L'héroïne, c'est toi, ai-je rectifié. Tu nous as sauvé la vie, oublie pas.

Elle a haussé les épaules en souriant.

— Ce soir, on va au cinéma. Misha, Olivier, Vanessa et moi. Ça vous tente de venir?

— Ce serait bien, a susurré Vanessa. Un rendez-vous galant. Trois couples d'amoureux.

Amoureux?

Joé et moi, on s'est regardés. Il n'a pas dit « Beurk! », mais il n'en pensait pas moins. Pendant une fraction de seconde, j'ai failli les envoyer promener.

Après, je me suis dit : « Joé, c'est ton copain, ton meilleur ami. On peut pas avoir de rendez-vous galant avec son meilleur ami. Non. Pas de danger. »

Et même si c'en était un?

— Avec plaisir, ai-je répondu.

— Euh... bien sûr, a renchéri Joé. Le film, c'est quoi?

— *Avalanche*, a répondu Kirsten. Super, il paraît. Hé! a-t-elle ajouté en lorgnant le buffet, on m'avait parlé de gâteaux au chocolat.

— Là-bas, a répondu Misha. À l'autre bout de la table. Je te suis, a-t-il ajouté. Je veux parler à Steph, seul à seul. J'en ai pour une minute.

Oh, oh!

Tout le monde est parti. Même Joé, que la curiosité dévorait sûrement.

— Écoute, Steph, a commencé Misha en

regardant n'importe où sauf dans ma direction. Je voulais seulement te dire que j'étais désolé. J'ai pas été très correct avec toi. Tous ces surnoms que... qui...

— Fêlée, ai-je dit pour lui rafraîchir la mémoire. Pauvre cloche.

— Je sais, oui.

— Paumée. Sans cervelle.

— Je sais, je te dis. Tu vois pas que je suis en train de te présenter des excuses? Joé m'a dit que c'est toi qui as tout fait, que c'est toi qui as forcé Muffy à avouer. Je... je crois que je connais rien au métier de détective, aux méthodes de travail. Tout ce que tu faisais, ça me semblait un peu bizarre, mais aujourd'hui je comprends que tu avais tes raisons d'agir ainsi.

— En effet, ai-je dit sur la défensive.

« Tu parles! ai-je pensé. La chute, la chaussette porte-bonheur... Je devais effectivement avoir une sacrée bonne raison pour commettre toutes ces âneries. »

— Alors voilà, je voulais m'excuser et te remercier. Sans toi... je sais vraiment pas ce que je serais devenu.

— D'accord, Misha.

— Amis? a-t-il demandé en me tendant

la main.

— Amis, ai-je répondu en la lui serrant.

On a été interrompus par une voix dans l'interphone :

— Mesdames et messieurs…

— Le discours, a dit Misha en se tournant vers la scène à l'autre extrémité de la salle. Prête pour l'avalanche de remerciements, Steph ?

Je lui ai emboîté le pas jusqu'à la scène. Tout à coup, il s'est arrêté :

— Une dernière chose, Steph. Le soir de ton arrivée, tu arrêtais pas de me regarder. Tu haussais les sourcils sans arrêt, tu faisais toutes sortes de grimaces. Je suppose que ça faisait partie de ton enquête, mais…

J'ai dégluti péniblement :

— Euh… pas vraiment. Ce serait un peu long à expliquer, Misha, et je suis…

— Non, non, vas-y, je t'écoute.

— Allons, tu sais bien.

— Non, je t'assure.

— Secret professionnel, ai-je dit.

— Ah !

Il avait vraiment l'air déçu.

J'étais un peu mal à l'aise. Juste un peu.

Après tout, à quoi sert d'être détective si on ne peut pas garder certaines choses pour soi?

— ... et à présent, j'aimerais vous présenter notre première invitée d'honneur, Steph Diamond.

J'ai adressé un clin d'œil à Misha et je suis montée sur la scène.

À propos de l'auteure

Linda Bailey a grandi à Winnipeg et garde un souvenir impérissable de la fameuse tempête qui a entraîné la fermeture de son école pendant au moins trois jours. Elle vit aujourd'hui à Vancouver. Régulièrement trempée jusqu'aux os, certes, mais gelée, jamais. Au grand jamais.

Vous avez aimé cette histoire? Alors ne ratez pas les autres aventures de la série «Steph et Joé»:

Drôles d'ordures!

Steph et Joé se lancent à la poursuite d'un voleur: S.O.S. Déchets — un organisme voué au recyclage — s'est fait subtiliser près d'un millier de dollars, la quasi-totalité de ses économies confiées à la mère de Stéphanie.

La frousse aux trousses

La perspective de passer d'agréables vacances au camp de reboisement où travaille le père de Stéphanie est subitement assombrie par un événement inattendu: Steph est réquisitionnée pour servir de gardienne à un enquiquineur de cinq ans. Mais quand elle découvre l'existence de Caméléon, contrebandier de profession, les vacances prennent une autre tournure...

Deux lapins dans un nid de vautours

Cette fois, c'est Gertie qui est au centre de l'histoire. La vieille comédienne disparaît mystérieusement au nez et à la barbe de Steph et de Joé, qui l'aidaient à répéter un rôle au cinéma. L'été prend tout à coup l'allure d'une enquête à couper le souffle, de loin plus intéressante qu'un séjour forcé dans un assommant camp d'été.

COLLECTION ALLI-BI

ACHEVÉ   D'IMPRIMER
EN   FÉVRIER   1997
SUR   LES   PRESSES   DE
PAYETTE & SIMMS INC.
À SAINT-LAMBERT (Québec)

Linda Bailey

Terreur chez les carnivores

— Des plantes carnivores? s'écrie Joé. Des plantes mangeuses d'insectes!

Quelle pénible découverte pour Joé, végétarien ardent défenseur de toutes espèces animales. Mais pour Steph, son associée, cette découverte signifie le début d'une nouvelle et périlleuse aventure.

Nos deux fameux détectives, Steph et Joé, découvriront lors de leur enquête que, malheureusement, toutes les plantes carnivores ne sont pas des végétaux et que leurs victimes ne se limitent pas aux insectes. Certaines ont parfois même figure humaine, habitent des maisons comme vous et moi, parlent, rient… Mais peuvent-elles aller jusqu'à se nourrir de «détectives-moustiques»?

Au menu: rires, neige à profusion, flirt et peur ble

Illustration: Isabelle Langevin

ISBN: 2-7625-8471-X

9 782762 584714

Héritage jeunesse